O MARAVILHOSO MÁGICO DE OZ

L. FRANK BAUM
O MARAVILHOSO MÁGICO DE OZ

Tradução
Laura Folgueira

Principis

Esta é uma publicação Principis, selo exclusivo da Ciranda Cultural
© 2021 Ciranda Cultural Editora e Distribuidora Ltda.

Traduzido do original em inglês
The wonderful wizard of OZ

Produção editorial
Ciranda Cultural

Texto
L. Frank Baum

Diagramação
Linea Editora

Tradução
Laura Folgueira

Design de capa
Ciranda Cultural

Preparação
Lindsay Viola

Imagens
welburnstuart/Shutterstock.com;
Juliana Brykova/Shutterstock.com;
shuttersport/Shutterstock.com

Revisão
Agnaldo Alves

Texto publicado integralmente no livro *O maravilhoso Mágico de Oz*, em 2019, na edição em brochura pela Ciranda Cultural. (N.E.)

Dados Internacionais de Catalogação na Publicação (CIP) de acordo com ISBD

B347m	Baum, L. Frank
	O maravilhoso mágico de Oz / L. Frank Baum ; traduzido por Laura Folgueira. - Jandira : Principis, 2021.
	128 p. ; 15,5cm x 22,6cm. - (Terra de Oz ; v.1)
	Tradução de: The wonderful wizard of Oz
	ISBN: 978-65-5552-349-2
	1. Literatura infantojuvenil. 2. Romance. 3. Literatura americana. I. Folgueira, Laura. II. Título. III. Série.
2021-1312	CDD 028.5
	CDU 82-93

Elaborado por Vagner Rodolfo da Silva - CRB-8/9410

Índice para catálogo sistemático:
1. Literatura infantojuvenil 028.5
2. Literatura infantojuvenil 82-93

1ª edição em 2021
www.cirandacultural.com.br
Todos os direitos reservados.
Nenhuma parte desta publicação pode ser reproduzida, arquivada em sistema de busca ou transmitida por qualquer meio, seja ele eletrônico, fotocópia, gravação ou outros, sem prévia autorização do detentor dos direitos, e não pode circular encadernada ou encapada de maneira distinta daquela em que foi publicada, ou sem que as mesmas condições sejam impostas aos compradores subsequentes.

SUMÁRIO

O ciclone 7

O conselho dos Munchkins 10

Como Dorothy salvou o Espantalho 16

A estrada que cruzava a floresta 22

O resgate do Homem de Lata 27

O Leão Covarde 33

A jornada até o Grande Oz 38

O campo de papoulas mortais 43

A Rainha dos Ratos do Campo 49

O Guardião dos Portões 54

A maravilhosa Cidade de Oz 60

A busca pela Bruxa Má 70

O resgate 80

Os Macacos Alados 84

A descoberta de Oz, o Terrível 90

A mágica arte do grande farsante 98

Como o balão foi lançado 102

O caminho ao Sul 105

O ataque das Árvores que Lutam 109

O frágil País de Porcelana.. 113

O Leão se torna o Rei da Selva... 118

O país dos Quadlings.. 121

Glinda, a Bruxa Boa, concede o desejo de Dorothy............................. 124

De volta em casa... 128

O CICLONE

Dorothy vivia feliz em meio às enormes pradarias do Kansas, com o tio Henry, que era fazendeiro, e a tia Em. A casa deles era pequena, pois a madeira para construí-la tinha de ser transportada em carroça por muitos quilômetros. Havia quatro paredes, um piso e um teto, compondo um cômodo; esse cômodo tinha um fogão que parecia enferrujado, um armário para a louça, uma mesa, três ou quatro cadeiras e as camas. O tio Henry e a tia Em dividiam uma cama grande que ficava em um canto, e Dorothy tinha uma cama pequena em outro canto. Não havia nada parecido com um sótão, nem porão, exceto um pequeno buraco cavado no solo, chamado de porão de ciclone, onde a família podia se abrigar caso chegasse um daqueles gigantes redemoinhos poderosos o bastante para destruir qualquer construção em seu caminho. De um alçapão no meio do piso, uma escada descia até o pequeno buraco escuro.

Quando parava na porta e olhava ao redor, Dorothy só conseguia ver a grande pradaria cinzenta por todos os lados. Nenhuma árvore ou casa quebrava a ampla vastidão de planície que chegava ao horizonte em todas as direções. O sol tinha queimado a terra cultivada até ela virar uma massa sem cor, com pequenas rachaduras por toda a superfície. Nem a grama era mais verde, pois o sol havia torrado o topo das folhas longas até elas ficarem do mesmo cinza de todo o resto. A casa tinha sido pintada uma vez, mas o sol fizera bolhas na tinta e as chuvas a lavaram, e agora a construção era tão tediosa e cinza quanto todo o resto.

Tia Em era jovem e bonita quando foi viver ali. O sol e o vento também a tinham mudado, tirando o brilho de seus olhos e deixando-os com um cinza sombrio; tinham levado o rosa de suas bochechas e de seus lábios, agora também cinzas. Ela era magra e seca, e não sorria mais. Na época em que Dorothy, órfã, chegou, a tia Em ficava tão surpresa com a risada da criança que gritava e colocava a mão no coração sempre que a voz alegre alcançava seus ouvidos, e olhava para a menina maravilhada por ela conseguir achar algo para rir.

O tio Henry nunca ria. Trabalhava duro de manhã até à noite e não sabia o que era alegria. Também era cinzento, de sua barba longa até suas botas grosseiras, parecia sério e solene, e quase não falava.

Era Totó que fazia Dorothy rir e impedia que ela ficasse tão cinza quanto tudo à sua volta. Totó não era cinza; era um cachorrinho preto, com pelo longo e sedoso, e pequenos olhos negros que brilhavam alegremente nas laterais de seu narizinho engraçado. Totó brincava o dia todo, e Dorothy, que o amava muito, brincava junto.

Naquele dia, porém, não estavam brincando. O tio Henry estava sentado na soleira olhando ansioso para um céu ainda mais cinzento do que o normal. Dorothy parou à porta com Totó no colo e também mirou o céu. A tia Em estava lavando a louça.

Do extremo norte, o tio Henry e Dorothy ouviram um lamento baixo do vento e conseguiram ver o lugar onde a grama alta se curvava diante da tempestade iminente. Então, houve um assovio agudo no ar vindo do sul e, quando voltaram os olhos para aquela direção, viram ondulações na grama.

De repente, o tio Henry se levantou.

– Está chegando um ciclone, Em – avisou à esposa. – Vou dar uma olhada nos estoques.

Então, correu para os galpões onde ficavam as vacas e os cavalos.

A tia Em abandonou o trabalho e foi até a porta. Um olhar lhe mostrou o perigo próximo.

– Rápido, Dorothy! – gritou ela. – Corra para o porão!

Totó pulou dos braços de Dorothy e se escondeu embaixo da cama. Tia Em, com muito medo, abriu o alçapão no piso e desceu a escada para o buraco escuro. Dorothy enfim pegou Totó e começou a seguir a tia. Quando já tinha atravessado metade do cômodo, o vento gritou alto e a casa tremeu tanto que ela se desequilibrou e caiu sentada no chão.

Então, algo estranho ocorreu.

A casa girou duas ou três vezes e lentamente pairou no ar. Dorothy sentiu como se estivesse subindo num balão.

Os ventos norte e sul se encontraram no lugar em que ficava a construção, criando o centro exato do ciclone. No meio de um ciclone, o ar em geral é parado, mas a grande pressão do vento dos dois lados da casa a fez subir cada vez mais, até estar no topo do ciclone; ali ela ficou, sendo carregada por quilômetros e quilômetros com a leveza de uma pena.

Estava muito escuro e o vento uivava de forma horrível ao redor dela, mas Dorothy percebeu que estava se movendo com bastante facilidade. Fora as primeiras voltas e uma outra vez em que a casa virou demais, ela se sentia sendo balançada gentilmente, como um bebê num berço.

Totó não gostou. Corria pelo cômodo, agora aqui, depois ali, latindo alto; mas Dorothy ficou sentada no chão, esperando para ver o que aconteceria.

Em algum momento, Totó chegou perto demais do alçapão e caiu; e, na hora, a menina achou que o tinha perdido. Mas logo viu uma das orelhas dele saindo pelo buraco, pois a forte pressão do ar estava segurando o bichinho, de modo que ele não caía. Ela engatinhou até o buraco, pegou Totó pela orelha e o arrastou de volta para a sala, fechando a porta para não haver mais acidentes.

Horas e horas se passaram, e lentamente Dorothy superou o medo; mas se sentia muito sozinha, e o vento gritava tão alto ao seu redor que ela quase ficou surda. No início, ela se perguntou se seria destroçada em pedacinhos quando a casa caísse de novo, mas conforme as horas correram e nada de terrível aconteceu, ela parou de se preocupar, decidindo esperar calmamente e ver o que o futuro traria. Por fim, engatinhou pelo chão até sua cama, onde se deitou; Totó a seguiu e deitou ao lado dela.

Apesar do balanço da casa e do barulho do vento, Dorothy logo fechou os olhos e caiu no sono.

O CONSELHO DOS MUNCHKINS

Dorothy foi acordada por um choque tão repentino e severo que, se não estivesse deitada na cama macia, podia ter se machucado. Acabou que o chacoalhão a fez perder o fôlego e se perguntar o que tinha acontecido; e Totó colocou seu narizinho frio no rosto dela e choramingou tristemente. Dorothy se sentou e notou que a casa não estava mais se movendo; também não estava escuro, pois um sol brilhante entrava pela janela, enchendo a salinha. Ela pulou da cama e, com Totó em seu encalço, correu para abrir a porta.

A garotinha deu um grito de surpresa e olhou ao redor, seus olhos se abriam cada vez mais com as visões maravilhosas.

O ciclone tinha deixado a casa com muito cuidado, para um ciclone, no meio de um lugar de belezas maravilhosas. Havia adoráveis gramados verdes por todo lado, com árvores majestosas carregando frutos ricos e suculentos. Muitas flores lindas estavam em todo lugar, e pássaros com plumagem rara e brilhante cantavam e batiam as asas nas árvores e nas moitas. Um pouco mais para lá, um riachinho corria e brilhava entre margens verdes, murmurando numa voz muito agradável a uma garotinha que há tanto tempo vivia em pradarias secas e cinzentas.

Enquanto estava lá parada olhando avidamente para as paisagens estranhas e belas, ela notou vindo em sua direção um grupo das pessoas mais estranhas que já vira na vida. Não eram grandes como os adultos com quem sempre estivera acostumada, mas também não eram muito pequenos. Na verdade, pareciam mais ou menos do tamanho de Dorothy, que era uma criança bem crescida para sua idade, embora fossem, pelo menos na aparência, muitos anos mais velhos.

Eram três homens e uma mulher, todos vestidos de uma forma estranha. Usavam chapéus redondos que culminavam numa ponta fina, com sininhos na borda tilintando docemente enquanto se moviam. Os chapéus dos homens eram azuis; o da pequena mulher, branco, e ela usava uma veste branca que caía dos ombros em um plissado. Por cima, estavam espalhadas estrelinhas que brilhavam ao sol como diamantes. Os homens estavam vestidos de um azul do mesmo tom do chapéu e calçavam botas bem engraxadas com um tom azul bem escuro no topo do cano. Eles, pensou Dorothy, eram mais ou menos da idade do tio Henry, pois dois deles tinham barba. Mas a pequena mulher sem dúvida era muito mais velha. O rosto dela estava coberto de rugas, o cabelo era quase branco e ela caminhava bastante dura.

Quando essas pessoas se aproximaram da casa, onde Dorothy estava em frente à porta, pausaram e sussurraram entre si, como se tivessem medo de chegar mais perto. Mas a velhinha foi até Dorothy, fez uma profunda reverência e disse, numa voz doce:

– Bem-vinda, mais nobre das feiticeiras, à terra dos Munchkins. Somos muito gratos a você por ter matado a Bruxa Má do Leste e por libertar nosso povo da servidão.

Dorothy ouviu esse discurso impressionada. O que a mulher podia querer dizer ao chamá-la de feiticeira e falar que ela tinha matado a Bruxa Má do Leste? Dorothy era uma garotinha inocente e inofensiva que tinha sido carregada por um ciclone a muitos quilômetros de casa, e nunca havia matado ninguém na vida toda.

Mas a mulher evidentemente esperava que ela respondesse; então, Dorothy disse, com hesitação:

– A senhora é muito gentil, mas deve haver algum engano. Não matei ninguém.

– Mas sua casa matou – respondeu a velhinha, com uma risada –, e é a mesma coisa. Olhe! – continuou, apontando para a quina da casa. – Lá estão os dois pés dela, ainda visíveis debaixo de um bloco de madeira.

Dorothy olhou e deu um gritinho de medo. Lá, de fato, logo abaixo da quina do grande pilar que sustentava a casa, havia dois pés de fora, protegidos por sapatos prateados de bico fino.

– Ah, meu Deus! Ah, meu Deus! – gritou Dorothy, juntando as mãos em consternação. – A casa deve ter caído nela. O que vamos fazer?

– Não há nada a ser feito – falou a mulher, calmamente.

– Mas quem era ela? – perguntou Dorothy.

– Era a Bruxa Má do Leste, como eu disse – respondeu a mulher. – Subjugou os Munchkins por muitos anos, escravizando-os noite e dia. Agora, todos estão livres e são gratos a você pelo favor.

– Quem são os Munchkins? – quis saber Dorothy.

– São as pessoas que moram nesta Terra do Leste que a Bruxa Má governava.

– Você é uma Munchkin? – perguntou Dorothy.

– Não, mas sou amiga deles, embora more na Terra do Norte. Quando viram que a Bruxa Má do Leste estava morta, os Munchkins mandaram um mensageiro ágil até mim, e vim na mesma hora. Sou a Bruxa do Norte.

– Ah, puxa! – exclamou Dorothy. – Você é uma bruxa de verdade?

– Sim, de fato – respondeu a mulher. – Mas sou uma bruxa boa, e as pessoas me amam. Não sou tão poderosa quanto a Bruxa Má que governava aqui, senão, teria eu mesma libertado a população.

– Mas pensei que todas as bruxas fossem más – falou a garota, que estava com medo de enfrentar uma bruxa de verdade.

– Ah, não, é um enorme engano. Só havia quatro bruxas em toda a Terra de Oz, e duas delas, as que vivem no Norte e no Sul, são boas. Sei que isso é verdade, pois eu mesma sou uma delas e não posso estar errada. As que habitam o Leste e o Oeste eram, de fato, bruxas más; mas agora que você matou uma delas, há apenas uma bruxa má em toda a Terra de Oz. Aquela que vive no Oeste.

– Mas – contestou Dorothy, após pensar por um instante – a tia Em me disse que todas as bruxas tinham morrido há muitos e muitos anos.

— Quem é tia Em? – perguntou a velhinha.
— É minha tia que mora no Kansas, de onde eu vim.

A Bruxa do Norte pareceu pensar por um tempo, com a cabeça baixa e os olhos no chão. Então, olhou para cima e falou:

— Não sei onde é o Kansas, pois nunca ouvi essa terra ser mencionada antes. Mas, diga-me, é um lugar civilizado?

— Ah, sim – respondeu Dorothy.

— Então, é isso. Em terras civilizadas, acredito que não haja mais bruxas, nem magos, nem feiticeiras, nem mágicos. Mas, veja, a Terra de Oz nunca foi civilizada, pois estamos isolados do resto do mundo. Portanto, ainda temos bruxas e mágicos entre nós.

— Quem são os mágicos? – perguntou Dorothy.

— O próprio Oz é o Grande Mágico – respondeu a bruxa, abaixando a voz a um sussurro. – Ele é mais poderoso que todos nós juntos. Mora na Cidade das Esmeraldas.

Dorothy ia fazer mais uma pergunta, mas naquele momento os Munchkins, que estavam parados por ali em silêncio, deram um grito alto e apontaram para a quina da casa onde estava a Bruxa Má.

— O que foi? – quis saber a mulher, que olhou e começou a rir. Os pés da bruxa morta tinham desaparecido inteiramente, sobrando só os sapatos prateados.

— Ela era tão velha – explicou a Bruxa do Norte –, que secou rápido no sol. É o fim dela. Mas os sapatos prateados são seus, e você deve usá-los.

Ela se abaixou, pegou os sapatos, sacudiu a poeira deles e entregou-os a Dorothy.

— A Bruxa do Leste tinha orgulho desses sapatos prateados – contou um dos Munchkins –, e há alguma magia conectada a eles; mas nunca soubemos qual.

Dorothy levou os sapatos para dentro da casa e os colocou sobre a mesa. Aí, voltou aos Munchkins e falou:

— Estou ansiosa para reencontrar minha tia e meu tio, pois tenho certeza de que vão se preocupar comigo. Podem me ajudar a encontrar o caminho?

Os Munchkins e a bruxa olharam primeiro uns para os outros e depois para Dorothy, antes de balançarem a cabeça.

– No Leste, não muito longe daqui – disse um deles –, há um grande deserto, e ninguém sobreviveu ao tentar atravessá-lo.

– O mesmo no Sul – falou outro –, pois já fui lá e vi. O Sul é o país dos Quadlings.

– Alguém me contou – continuou o terceiro – que no Oeste é igual. E aquela terra, onde vivem os Winkies, é governada pela Bruxa Má do Oeste, que pode torná-la sua escrava ao passar por ela.

– O Norte é meu lar – disse a velha –, e em sua fronteira há o mesmo grande deserto que cerca esta Terra de Oz. Temo, minha querida, que terá de viver conosco.

Dorothy começou a soluçar por isso, pois sentia-se solitária entre aqueles estranhos. As lágrimas dela pareceram tocar os Munchkins bondosos, que imediatamente pegaram seus lencinhos e também começaram a chorar. Quanto à velhinha, tirou o chapéu e o equilibrou na ponta do nariz, enquanto contava "um, dois, três" numa voz solene. Imediatamente, o chapéu se transformou num quadro no qual estava escrito com grandes letras de giz branco:

FAÇA DOROTHY IR À CIDADE DAS ESMERALDAS

A velhinha tirou o quadro do nariz e, tendo lido as palavras nele, perguntou:

– Seu nome é Dorothy, minha querida?

– Sim – respondeu a menina, olhando para cima e secando as lágrimas.

– Então, deve ir à Cidade das Esmeraldas. Talvez Oz a ajude.

– Onde fica essa cidade? – perguntou Dorothy.

– Fica exatamente no centro do país, e é governada por Oz, o Grande Mágico de quem falei.

– Ele é um bom homem? – quis saber a garota, ansiosa.

– É um bom mágico. Se é ou não um homem, não sei dizer, pois nunca o vi.

– Como posso chegar lá? – indagou Dorothy.

– Precisa caminhar. É uma longa jornada, por uma terra às vezes agradável e às vezes sombria e terrível. Mas usarei todas as artes mágicas que conheço para protegê-la do perigo.

– Não pode ir comigo? – pediu a garota, que tinha começado a considerar a velhinha sua única amiga.

– Não, não posso fazer isso – respondeu ela –, mas lhe darei meu beijo, e ninguém ousaria machucar uma pessoa que foi beijada pela Bruxa do Norte.

Ela chegou perto de Dorothy e a beijou suavemente na testa. No lugar em que tocaram a garota, seus lábios deixaram uma marca redonda e brilhante, como Dorothy descobriu logo depois.

– A estrada até a Cidade das Esmeraldas é pavimentada com tijolos amarelos – disse a Bruxa –, então é fácil de ver. Quando chegar até Oz, não tenha medo dele, conte sua história e peça para ele ajudá-la. Adeus, minha querida.

Os três Munchkins fizeram uma grande reverência e desejaram uma boa jornada, e depois foram embora por entre as árvores. A Bruxa fez um pequeno aceno amigável com a cabeça para Dorothy, girou três vezes apoiada no calcanhar esquerdo e desapareceu imediatamente, para grande surpresa de Totó, que ficou latindo muito depois do desaparecimento, porque tinha medo de rosnar enquanto ela estava ali.

Mas Dorothy, sabendo que era uma bruxa, esperava que ela desaparecesse justamente daquele jeito, e não ficou nem um pouco surpresa.

COMO DOROTHY SALVOU O ESPANTALHO

Quando Dorothy ficou sozinha, começou a sentir fome. Então, foi até o armário e cortou algumas fatias de pão, nas quais passou manteiga. Deu um pouco a Totó, pegou um balde da prateleira, carregou até o pequeno riacho e encheu de água clara e brilhante. Totó correu para as árvores e começou a latir para os pássaros pousados nelas. Dorothy foi buscá-lo e viu, penduradas nos galhos, frutas tão deliciosas que pegou algumas, percebendo que era bem o que queria para melhorar seu café da manhã.

Então, voltou à casa e, tendo bebido e dado um pouco de água fresca e clara para Totó, começou a se aprontar para a jornada até a Cidade das Esmeraldas.

Dorothy só tinha mais um outro vestido, que por acaso estava limpo e pendurado num cabide ao lado de sua cama. Era de algodão, xadrez azul e branco; e, embora o azul estivesse um pouco desbotado de tantas lavagens, ainda era uma roupa bonita. A garota se lavou com cuidado, colocou o vestido limpo e amarrou sua touca cor-de-rosa na cabeça. Pegou uma cestinha e a encheu de pão do armário, pondo por cima um pano branco. Aí, olhou para seus pés e notou como seus sapatos estavam velhos e gastos.

– Certamente eles não vão servir para uma jornada longa, Totó – disse ela. E Totó olhou para o rosto da menina com seus olhinhos pretos e balançou o rabo para mostrar que entendia o que ela estava dizendo.

Naquele momento, Dorothy viu em cima da mesa os sapatos prateados que tinham pertencido à Bruxa do Leste.

– Será que vão me servir? – perguntou a Totó. – Seriam a melhor coisa para uma longa caminhada, pois não vão desgastar.

Ela tirou seus velhos sapatos de couro e experimentou os de prata, que serviram como se tivessem sido feitos para ela.

Por fim, pegou sua cesta.

– Venha, Totó – chamou. – Vamos à Cidade das Esmeraldas perguntar ao Grande Oz como voltar ao Kansas.

Ela fechou a porta, trancou e colocou a chave com cuidado no bolso do vestido. E assim, seguida por Totó com ar sério, Dorothy começou sua jornada.

Havia várias estradas por perto, mas não levou muito tempo para que ela encontrasse a que era pavimentada com tijolos amarelos. Em pouco tempo, estava caminhando a passos rápidos pelo pavimento duro e amarelo. O sol brilhava forte e os pássaros cantavam docemente, e Dorothy não se sentia tão mal quanto se poderia esperar de uma garotinha que de repente tinha sido arrancada de seu próprio país e jogada no meio de um território estranho.

Ela ficou surpresa, enquanto caminhava, de ver como a paisagem ao seu redor era bela. Havia cercas arrumadinhas dos dois lados da estrada, pintadas de um azul delicado, e, atrás delas, campos de grãos e vegetais em abundância. Evidentemente, os Munchkins eram bons fazendeiros, capazes de cuidar de grandes plantações. De vez em quando, ela passava por uma casa, e os moradores saíam para olhá-la e fazer reverência, pois sabiam que ela tinha sido a responsável por destruir a Bruxa Má e libertá-los da escravidão. As casas dos Munchkins eram habitações esquisitas, redondas e com um grande domo no teto. Todas eram pintadas de azul, pois naquele país do Leste, essa era a cor favorita.

No fim da tarde, quando Dorothy estava cansada de sua longa caminhada e começando a se perguntar onde devia passar a noite, chegou a uma casa bem maior do que as outras. No gramado verde da frente, dançavam muitos homens e mulheres. Cinco pequenos violinistas tocavam o mais alto possível, e as pessoas estavam rindo e cantando perto de uma grande mesa cheia de frutas e castanhas deliciosas, tortas e bolos, e muitas outras coisas boas.

Todos cumprimentaram Dorothy com gentileza e a convidaram para jantar e passar a noite ali; aquela era a casa de um dos Munchkins mais ricos da terra, e seus amigos estavam reunidos para celebrar sua liberdade da servidão à Bruxa Má.

Dorothy teve um jantar reforçado e foi servida pelo próprio dono da casa, cujo nome era Boq. Então, sentou-se num sofá e observou as pessoas dançando.

Quando Boq viu os sapatos prateados dela, falou:

– Você deve ser uma grande feiticeira.

– Por quê? – perguntou a menina.

– Porque usa sapatos prateados e matou a Bruxa Má. Além do mais, tem branco na sua roupa, e só bruxas e feiticeiras vestem branco.

– Meu vestido é xadrez azul e branco – falou Dorothy, passando a mão para alisar os amassados.

– É muito gentil de sua parte usar isso – comentou Boq. – Azul é a cor dos Munchkins e branco, a das bruxas. Assim, sabemos que você é uma bruxa amiga.

Dorothy não soube o que responder a isso, pois todos pareciam pensar que ela era uma bruxa, e ela sabia muito bem que era só uma garotinha comum que, pela força do acaso de um ciclone, tinha chegado a uma terra estranha.

Quando ela se cansou de observar a dança, Boq a levou para dentro da casa, onde lhe deu um quarto com uma bonita cama. Os lençóis eram de tecido azul, e Dorothy dormiu neles profundamente até de manhã, com Totó aconchegado no tapete azul ao lado dela.

Ela tomou um café da manhã farto e ficou vendo um bebezinho Munchkin brincando com Totó, puxando o rabo dele e rindo de uma forma que divertia muito Dorothy. Totó era um mistério e tanto para todos, pois nunca tinham visto um cachorro antes.

– A Cidade das Esmeraldas fica muito distante? – perguntou a menina.

– Não sei – respondeu Boq, com seriedade –, pois nunca fui lá. É melhor ficar longe de Oz, a não ser que você tenha negócios a resolver com ele. Mas o caminho até a Cidade das Esmeraldas é longo e levará muitos dias. A terra aqui é rica e agradável, mas você passará por lugares duros e perigosos antes do fim de sua jornada.

Isso preocupou Dorothy um pouco, mas ela sabia que só o Grande Oz poderia ajudá-la, então decidiu corajosamente não voltar atrás.

Despediu-se de seus amigos e começou de novo a caminhar pela estrada de tijolos amarelos. Tendo percorrido diversos quilômetros, achou que poderia parar para descansar, então, subiu até o topo de uma cerca ao lado da estrada e se sentou. Havia um grande milharal adiante e, não muito longe, ela viu um Espantalho posicionado no alto de um poste de madeira, para manter os pássaros longe do milho maduro.

Dorothy apoiou o queixo na mão e olhou pensativa para o Espantalho. A cabeça dele era um pequeno saco cheio de palha, com olhos, nariz e boca pintados para representar um rosto. Um velho chapéu azul pontudo, que tinha pertencido a algum Munchkin, estava colocado em sua cabeça, e o resto do corpo era feito de um terno azul gasto e desbotado, também preenchido de palha. Nos pés, o Espantalho levava umas botas velhas com o topo azul, como calçavam todos os homens naquele país, e estava posicionado acima das fileiras de milho, apoiado no poste em suas costas.

Enquanto Dorothy olhava séria para o rosto estranho e pintado do Espantalho, ficou surpresa de ver um dos olhos dele lentamente piscando para ela. Achou, no início, que devia estar enganada, pois nenhum dos espantalhos no Kansas jamais piscara; mas logo a figura acenou com a cabeça de forma amigável. Então, ela desceu da cerca e andou até ele, enquanto Totó corria em volta do poste e latia.

– Bom dia – cumprimentou o Espantalho, com uma voz rouca.

– Você falou? – perguntou a menina, maravilhada.

– Certamente – respondeu o Espantalho. – Como vai você?

– Vou muito bem, obrigada – disse Dorothy, educadamente. – E como vai você?

– Não estou me sentindo bem – falou o Espantalho, com um sorriso –, pois é muito tedioso ficar empoleirado aqui noite e dia para espantar os corvos.

– Você não pode descer? – perguntou Dorothy.

– Não, pois este poste está colado nas minhas costas. Se você por favor puder tirá-lo, serei muito grato.

Dorothy esticou os dois braços e levantou a figura do poste, pois, sendo feito de palha, era bem leve.

– Muito obrigado – falou o Espantalho quando foi colocado no chão. – Sinto-me um novo homem.

Dorothy ficou confusa, pois lhe parecia estranho ouvir um homem de palha falar, fazer uma reverência e caminhar ao lado dela.

– Quem é você? – quis saber o Espantalho depois de se espreguiçar e bocejar. – E para onde está indo?

– Meu nome é Dorothy – disse a menina – e estou indo à Cidade das Esmeraldas para pedir ao Grande Oz que me mande de volta ao Kansas.

– Onde fica a Cidade das Esmeraldas? – questionou ele. – E quem é Oz?

– Puxa, você não sabe? – replicou ela, surpresa.

– Não. Na verdade, não sei nada. Veja, sou de palha, então, não tenho cérebro – respondeu ele, triste.

– Ah – disse Dorothy. – Sinto muitíssimo por você.

– Você acha – perguntou ele – que, se eu for à Cidade das Esmeraldas com você, esse Oz me daria um cérebro?

– Não sei dizer – respondeu ela –, mas você pode vir comigo, se quiser. Se Oz não lhe der um cérebro, você não vai estar pior do que agora.

– Isso é verdade – concordou o Espantalho. – Sabe – continuou, em confidência –, não me importo de minhas pernas, meus braços e meu corpo serem de palha, porque não posso me machucar. Se alguém pisa no meu pé ou me fura com um alfinete, não importa, porque não posso sentir. Mas não quero que me chamem de tolo e, se minha cabeça tiver um monte de palha em vez de um cérebro, como a sua, como vou saber das coisas?

– Entendo como você se sente – disse a garotinha, que estava verdadeiramente triste por ele. – Se vier comigo, pedirei para Oz fazer tudo o que for possível por você.

– Obrigado – respondeu ele, com gratidão.

Eles caminharam de volta à estrada. Dorothy o ajudou a passar pela cerca, e começaram a seguir o caminho de tijolos amarelos em direção à Cidade das Esmeraldas.

Totó, no início, não gostou daquela adição ao grupo. Cheirou o homem de palha como se suspeitasse haver um ninho de ratos ali dentro, e muitas vezes rosnava de forma nada amigável ao Espantalho.

– Não ligue para o Totó – recomendou Dorothy a seu novo amigo. – Ele nunca morde.

– Ah, não tenho medo – respondeu o Espantalho. – Ele não conseguiria machucar a palha. Deixe-me carregar essa cesta para você. Não me importarei, pois não me canso. Vou contar-lhe um segredo – continuou, enquanto caminhava. – Tem só uma coisa no mundo da qual tenho medo.

– De quê? – quis saber Dorothy. – Do fazendeiro Munchkin que o fez?

– Não – respondeu o Espantalho –, de um fósforo aceso.

A ESTRADA QUE CRUZAVA A FLORESTA

Depois de algumas horas, a estrada começou a ficar acidentada, e a caminhada se tornou tão difícil que o Espantalho até tropeçava nos tijolos amarelos, que aqui eram muito desiguais. Às vezes, estavam até quebrados ou faltando, deixando buracos sobre os quais Totó pulava e que Dorothy contornava. Já o Espantalho, não tendo cérebro, caminhava sempre em frente, e assim pisava nos buracos e caía nos tijolos. Nunca se machucava, porém, e quando Dorothy o levantava e o colocava de pé de novo, ele ria com ela de seus percalços.

As fazendas não eram nem de perto tão bem cuidadas aqui quanto eram lá atrás. Havia menos casas e árvores frutíferas, e quanto mais se afastavam, mais macabra e solitária a região se tornava.

Ao meio-dia, eles se sentaram à beira da estrada, perto de um pequeno riacho, e Dorothy abriu sua cesta e tirou um pouco de pão. Ofereceu um pedaço ao Espantalho, que recusou.

– Nunca tenho fome – disse ele –, e é uma sorte, pois minha boca é só pintada e, se eu cortasse um buraco para poder comer, a palha que me preenche sairia, e isso estragaria o formato da minha cabeça.

Dorothy logo percebeu que era verdade, então só assentiu e continuou comendo seu pão.

– Conte-me algo sobre você e o lugar de onde vem – pediu o Espantalho, quando ela terminou sua refeição. Então, ela falou tudo sobre o Kansas, como todas as coisas por lá eram cinza e como o ciclone a tinha carregado até aquela estranha Terra de Oz.

O Espantalho ouviu atentamente e disse:

– Não consigo entender por que você desejaria sair deste lindo país e voltar para o lugar seco e cinza que chama de Kansas.

– É porque você não tem cérebro – respondeu a menina. – Não importa quanto nossas casas sejam enfadonhas e cinza, nós, pessoas de carne e osso, preferimos viver lá a qualquer outro lugar, por mais lindo que seja. Não há lugar como nosso lar.

O Espantalho suspirou.

– É claro que não consigo entender – falou. – Se tivessem a cabeça cheia de palha, como a minha, vocês todos provavelmente viveriam em lugares lindos, e aí não haveria ninguém no Kansas. Sorte do Kansas vocês terem cérebros.

– Por que você não me conta uma história enquanto descansamos? – pediu a criança.

– Minha vida foi tão curta, que realmente não sei nada de nada. Só fui feito anteontem. O que aconteceu no mundo antes disso me é desconhecido. Por sorte, quando o fazendeiro criou minha cabeça, uma das primeiras coisas que fez foi pintar minhas orelhas, então, ouvi o que estava acontecendo. Havia outro Munchkin com ele, e a primeira coisa que escutei o fazendeiro dizer foi:

"Que tal essas orelhas?".

"Elas não estão alinhadas", respondeu o outro.

"Deixa pra lá", falou o fazendeiro. "São orelhas mesmo assim", o que era verdade, afinal. "Agora, vou fazer os olhos", disse o fazendeiro. Então, pintou meu olho direito e, assim que terminou, me vi olhando para ele e para tudo ao meu redor com muita curiosidade, pois era meu primeiro vislumbre do mundo.

"É um olho muito bonito", comentou o Munchkin que estava observando o fazendeiro. "Tinta azul é a cor certa para os olhos."

"Acho que vou deixar o outro um pouco maior", comentou o fazendeiro. E, quando o segundo olho ficou pronto, consegui ver muito melhor do que antes. Aí, ele fez meu nariz e minha boca. Mas eu não falei, porque, na hora, não soube para que servia uma boca. Eu me diverti vendo-os fazer meu tronco, meus braços e minhas pernas; e quando amarraram minha cabeça, por fim, fiquei muito orgulhoso, pois achei que era um homem tão bom quanto qualquer outro.

"Este aqui vai espantar os corvos rapidinho", disse o fazendeiro. "Está igualzinho a um homem."

"Ué, ele é um homem", falou o outro, e concordei com ele. O fazendeiro me carregou embaixo do braço para o milharal e me montou em cima de um poste de madeira alto, onde você me encontrou. Ele e seu amigo logo foram embora e me deixaram sozinho.

– Não gostei de ser abandonado daquele jeito. Então, tentei ir atrás deles. Mas meus pés não tocavam o chão e fui forçado a ficar naquele poste. Era uma vida solitária, pois eu não tinha nada em que pensar, tendo sido feito tão pouco tempo antes. Muitos corvos e outros pássaros voavam para o milharal, mas, logo que me viam, iam embora de novo, achando que eu era um Munchkin; e isso me agradava e me fazia sentir alguém muito importante. Logo, um velho corvo voou até perto de mim e, após me olhar atentamente, pousou em meu ombro e disse:

"Pergunto-me se aquele fazendeiro achou que iria me enganar desse jeito desastrado. Qualquer corvo de bom senso vê que você só está cheio de palha". Em seguida, ele desceu até meus pés e comeu todo o milho que queria. Os outros pássaros, vendo que eu não fiz nada para impedir, também vieram comer o milho, então, em pouco tempo, havia um grande bando deles ao meu redor.

– Fiquei triste com isso, pois mostrava que, afinal, eu não era um Espantalho tão bom; mas o velho corvo me confortou, dizendo: "Se você tivesse cérebro na cabeça, seria tão bom quanto qualquer outro homem, e melhor que alguns. Cérebro é a única coisa que vale a pena ter neste mundo, não importa se você é um corvo ou um homem".

– Depois de os corvos irem embora, pensei nisso e decidi que iria tentar conseguir um cérebro. Por sorte, você chegou e me tirou do poste e, pelo que diz, tenho certeza de que o Grande Oz vai me dar um cérebro assim que chegarmos à Cidade das Esmeraldas.

– Espero que sim – falou Dorothy com sinceridade –, já que você está tão ansioso por isso.

– Ah, sim; estou ansioso – devolveu o Espantalho. – É uma sensação muito desconfortável saber que se é um tolo.

– Bem – disse a menina –, vamos indo – e entregou a cesta para o Espantalho.

Agora, não havia cerca alguma ao lado da estrada, e a terra era árida e não cultivada. Perto da noite, eles chegaram a uma grande floresta, onde as árvores eram tão altas e próximas, que os galhos se encontravam por cima da estrada de tijolos amarelos. Era escuro demais embaixo das árvores, pois os galhos impediam a entrada da luz do dia; mas os viajantes não pararam e entraram na floresta.

– Se esta estrada entra, ela deve sair – disse o Espantalho – e, como a Cidade das Esmeraldas fica na outra ponta da estrada, precisamos ir para onde ela nos levar.

– Qualquer um saberia disso – falou Dorothy.

– Certamente; é por isso que eu sei – respondeu o Espantalho. – Se fosse preciso ter cérebro para descobrir, eu nunca teria dito.

Depois de mais ou menos uma hora, a luz diminuiu e eles se viram tropeçando no escuro. Dorothy não conseguia enxergar nada, mas Totó, sim, pois alguns cães se viram muito bem no escuro; e o Espantalho declarou que conseguia ver tão bem quanto de dia. Então, ela segurou no braço dele e conseguiu seguir razoavelmente bem.

– Se você vir alguma casa ou lugar onde possamos passar a noite – alertou ela –, precisa me dizer, pois andar no escuro é muito desconfortável.

Logo depois, o Espantalho parou.

– Vejo um chalezinho à nossa direita – avisou –, construído com pedaços de madeira e galhos. Devemos ir para lá?

– Sim, é claro – respondeu a menina. – Estou completamente exausta.

Então, o Espantalho a levou por entre as árvores até o chalé, e Dorothy entrou e encontrou uma cama de folhas secas em um canto. Deitou-se imediatamente e, com Totó a seu lado, logo caiu no sono. O Espantalho, que nunca se cansava, ficou de pé em outro canto, esperando pacientemente pela chegada da manhã.

O RESGATE DO HOMEM DE LATA

Quando Dorothy acordou, o sol estava brilhando por entre as árvores e Totó já estava há muito tempo caçando pássaros e esquilos. Ela se sentou e olhou ao redor. Lá estava o Espantalho, ainda parado pacientemente em seu canto, esperando por ela.

– Precisamos procurar água – disse ela.

– Por que você quer água? – quis saber o Espantalho.

– Para lavar meu rosto e tirar a poeira da estrada, e para beber, para que o pão seco não fique preso em minha garganta.

– Deve ser inconveniente ser feito de carne e de osso – comentou, pensativo, o Espantalho –, pois você precisa dormir, comer e beber. Mas você tem cérebro, e poder pensar direito vale muito o incômodo.

Eles saíram do chalé e caminharam entre as árvores até acharem uma pequena fonte de água clara, onde Dorothy bebeu, banhou-se e tomou seu café da manhã. Ela viu que não sobrou muito pão na cesta e ficou feliz de o Espantalho não precisar comer nada, pois mal havia o suficiente para ela e Totó passarem o dia.

Quando terminou a refeição e estava prestes a voltar à estrada de tijolos amarelos, ela se assustou ao ouvir um gemido profundo lá perto.

– O que foi isso? – perguntou timidamente.

– Nem consigo imaginar – respondeu o Espantalho –, mas podemos ir ver.

Naquele momento, outro gemido chegou aos ouvidos deles, e o som parecia estar vindo de trás. Eles se viraram e deram alguns passos pela floresta, quando Dorothy descobriu algo brilhando sob um raio de sol que passava entre as árvores. Correu até lá e parou de repente, dando um gritinho de surpresa.

Uma das grandes árvores tinha sido parcialmente derrubada e, ao lado dela, segurando um machado no ar, havia um homem feito todo de lata. A cabeça, os braços e as pernas dele se articulavam ao tronco, mas o homem estava completamente imóvel, como se não fosse capaz de se mexer.

Dorothy olhou maravilhada, e o Espantalho também, enquanto Totó dava latidos agudos e mordia as pernas de lata, fazendo doer seus dentes.

– Você gemeu? – perguntou Dorothy.

– Sim – respondeu aquele lenhador de lata –, gemi. Estou gemendo há mais de um ano e ninguém nunca me ouviu nem veio me ajudar.

– O que posso fazer por você? – indagou ela com gentileza, pois estava comovida com a voz triste do homem.

– Pegue uma lata de óleo e passe em minhas juntas – respondeu ele. – Elas estão tão enferrujadas que não consigo movê-las; se eu estiver bem lubrificado, logo ficarei bom de novo. Você pode achar a lata de óleo numa prateleira no meu chalé.

Dorothy imediatamente correu de volta ao chalé e achou o óleo; então, retornou e perguntou, nervosa:

– Onde ficam suas juntas?

– Passe primeiro no meu pescoço – pediu o Homem de Lata. – Então, ela fez isso, e como ele estava bem enferrujado, o Espantalho pegou a cabeça de lata e a mexeu gentilmente de um lado para o outro até ela conseguir se mover livremente, e aí o homem pôde virá-la sozinho.

– Agora, passe nas juntas dos meus braços – disse ele. Dorothy fez isso, e o Espantalho as dobrou com cuidado até estarem quase livres da ferrugem, como novas.

O Homem de Lata deu um suspiro de satisfação e soltou o machado, que apoiou contra a árvore.

– É um grande alívio – falou. – Estou segurando esse machado no ar desde que enferrujei e fico feliz de conseguir finalmente soltá-lo. Agora, se puder passar óleo em minhas pernas, ficarei bem de novo.

Então, eles passaram o óleo nas pernas até o Homem de Lata conseguir movê-las livremente; e ele os agradeceu de novo por aquela libertação, pois parecia uma criatura muito educada e grata.

– Eu podia ter ficado parado ali para sempre se vocês não tivessem aparecido – disse ele –, então, com certeza salvaram minha vida. Como vieram parar aqui?

– Estamos a caminho da Cidade das Esmeraldas para ver o Grande Oz – respondeu ela –, e paramos em seu chalé para passar a noite.

– Por que querem ver Oz? – perguntou ele.

– Quero que ele me mande de volta ao Kansas, e o Espantalho quer que ele coloque um cérebro em sua cabeça – explicou a menina.

O Homem de Lata pareceu pensar muito por um momento. Então, falou:

– Você acha que Oz poderia me dar um coração?

– Bem, imagino que sim – respondeu Dorothy. – Seria tão fácil quanto dar cérebro ao Espantalho.

– Verdade – concordou o Homem de Lata. – Então, se permitir unir-me ao seu grupo, também irei à Cidade das Esmeraldas pedir a ajuda de Oz.

– Venha – disse o Espantalho calorosamente, e Dorothy completou que adoraria a companhia. Então, o Homem de Lata apoiou o machado no ombro e, juntos, atravessaram a floresta até saírem na estrada pavimentada de tijolos amarelos.

O Homem de Lata tinha pedido para Dorothy colocar a lata de óleo na cesta.

– Pois – disse ele – se eu tomar uma chuva e enferrujar de novo, vou precisar muito.

Era uma sorte ter aquele novo companheiro no grupo, pois, logo depois de retomarem a jornada, eles chegaram a um lugar onde as árvores e os galhos eram tão grossos em cima da estrada que os viajantes não conseguiam passar. Mas o Homem de Lata começou a trabalhar com seu machado e cortou a madeira tão bem que abriu uma passagem para todo o grupo.

Dorothy estava tão pensativa enquanto caminhavam que nem notou quando o Espantalho caiu num buraco e rolou para o lado da estrada. Aliás, ele precisou chamá-la para ajudá-lo a se levantar.

– Por que você não desviou do buraco? – perguntou o Homem de Lata.

– Eu não sei o suficiente – respondeu o Espantalho, alegre. – Minha cabeça é cheia de palha, sabe, e é por isso que vou ao Grande Oz pedir um cérebro.

– Ah, compreendo – disse o Homem de Lata. – Mas, afinal, cérebro não é a melhor coisa do mundo.

– Você tem um? – indagou o Espantalho.

– Não, minha cabeça é bem vazia – respondeu o Homem de Lata. – Mas eu já tive cérebro, e também um coração; então, tendo experimentado os dois, preferiria o coração.

– E por quê? – perguntou o Espantalho.

– Vou contar minha história, e aí você saberá.

Então, enquanto estavam caminhando pela floresta, o Homem de Lata contou o seguinte:

– Nasci filho de um lenhador que cortava árvores na floresta e vendia a madeira para viver. Quando cresci, também me tornei lenhador e, depois que meu pai morreu, cuidei de minha velha mãe enquanto ela viveu. Aí, decidi que, em vez de viver sozinho, iria me casar, para não ficar tão solitário.

– Havia uma garota Munchkin tão linda, que logo fiquei completamente apaixonado. Ela, por sua vez, prometeu se casar comigo assim que eu tivesse dinheiro suficiente para construir uma casa melhor para ela; então, comecei a trabalhar ainda mais. Mas a garota vivia com uma velha que não queria que ela se casasse com ninguém, pois era tão preguiçosa que desejava que a menina ficasse ali para cozinhar e fazer o trabalho de casa. Então, a velha foi à Bruxa Má do Leste e prometeu duas ovelhas e uma vaca se ela impedisse o casamento. Aí, a Bruxa Má enfeitiçou meu machado e, quando eu estava dando meu melhor para cortar, um dia, ansioso para conseguir minha nova casa e minha esposa o mais rápido possível, o machado escorregou de repente e cortou minha perna esquerda fora.

– À primeira vista, pareceu um grande azar, pois eu sabia que um homem com uma perna só não poderia se dar muito bem como lenhador. Então, fui a um funileiro e pedi que me fizesse uma perna de lata. A perna funcionou muito bem, depois que me acostumei. Mas minha ação irritou a Bruxa Má do Leste, que tinha prometido à velha que eu não casaria com a linda garota Munchkin. Quando comecei a cortar árvores de novo, meu machado escorregou e cortou minha perna direita fora. De novo fui ao funileiro, e de novo ele me fez uma perna de lata. Depois disso, o machado enfeitiçado cortou meus braços, um após o outro; mas, sem me abater, substituí-os por braços de lata. A Bruxa Má então fez o machado escorregar e cortar minha cabeça e, no início, pensei que fosse meu fim. Mas por acaso o funileiro passou por lá e me fez uma nova cabeça de lata.

– Aí, achei que tivesse derrotado a Bruxa Má e trabalhei mais do que nunca; mas pouco sabia como minha inimiga podia ser cruel. Ela pensou numa nova forma de matar meu amor pela bela Munchkin e fez meu machado escorregar de novo, de modo a atravessar meu corpo, cortando-me em duas metades. Mais uma vez o funileiro veio a meu socorro e me fez um tronco de lata, grudando meus braços, minhas pernas e minha cabeça de lata a ele por meio de juntas, para eu poder me mover tão bem quanto antes. Mas pobre de mim! Eu não tinha mais coração, então, perdi todo o meu amor pela garota Munchkin e não fazia diferença me casar com ela ou não. Imagino que ainda esteja morando com a velha, esperando que eu a resgate.

– Meu corpo brilhava tanto no sol que eu sentia muito orgulho dele, e agora não importava se meu machado escorregasse, pois ele não podia me cortar. Só havia um perigo: minhas juntas enferrujarem; mas eu mantinha uma lata de óleo no chalé e tomava o cuidado de me lubrificar sempre que necessário. Porém, houve um dia em que me esqueci de fazer isso, peguei uma tempestade e, antes que eu pensasse no perigo, minhas juntas tinham enferrujado; fiquei parado no bosque até vocês virem me ajudar. Foi uma coisa horrível de se viver, mas, durante o ano que passei ali, tive tempo para pensar que a pior perda que já sofri foi a do meu coração. Enquanto eu estava apaixonado, fui o homem mais feliz do mundo; mas ninguém pode amar sem coração, então, estou decidido a pedir que Oz me dê um. Se ele o fizer, vou voltar à garota Munchkin e casar com ela.

Tanto Dorothy quanto o Espantalho tinham se interessado muito pela história do Homem de Lata, e agora sabiam por que ele estava tão ansioso por um coração novo.

– Mesmo assim – disse o Espantalho –, vou pedir um cérebro em vez de um coração; pois um tolo não saberia o que fazer com um coração se tivesse um.

– Vou ficar com o coração – replicou o Homem de Lata –, pois cérebro não faz ninguém feliz, e felicidade é a melhor coisa do mundo.

Dorothy não disse nada, pois estava confusa sobre qual de seus amigos tinha razão e decidiu que, se conseguisse voltar ao Kansas e à tia Em, não importava tanto que o Homem de Lata não tivesse cérebro e o Espantalho não tivesse coração, desde que cada um tivesse o que queria.

O que mais a preocupava era que o pão estava quase acabando, e mais uma refeição para ela e Totó esvaziaria a cesta. Claro, nem o Espantalho, nem o Homem de Lata comiam coisa alguma, mas ela não era feita de lata nem de palha, e não podia viver se não se alimentasse.

O LEÃO COVARDE

Durante todo esse tempo, Dorothy e seus companheiros estavam atravessando bosques densos. A estrada ainda era pavimentada de tijolos amarelos, mas bastante coberta por galhos e folhas secas das árvores, e a caminhada não era tão boa.

Havia poucos pássaros naquela parte da floresta, pois pássaros amam lugares abertos onde há muita luz do sol. Mas de vez em quando havia um rugido grave de algum animal selvagem escondido atrás das árvores. Os sons faziam o coração da garotinha bater mais rápido, pois ela não sabia o que os causava; mas Totó sabia, e andava bem ao lado de Dorothy, sem nem latir de volta.

– Quanto tempo levará – perguntou a menina ao Homem de Lata – até sairmos da floresta?

– Não sei dizer – foi a resposta –, pois eu nunca fui à Cidade das Esmeraldas. Mas meu pai foi uma vez, quando eu era criança, e disse que foi uma longa jornada por uma terra perigosa, embora mais perto da cidade em que Oz vive os arredores sejam lindos. Mas não tenho medo, desde que tenha minha lata de óleo, e nada pode machucar o Espantalho; já você tem na testa a marca do beijo da Bruxa Boa, e isso a protegerá do mal.

– Mas e o Totó? – disse a menina, ansiosa. – O que o protegerá?

– Nós mesmos precisaremos protegê-lo se ele estiver em perigo – respondeu o Homem de Lata.

Assim que ele falou, veio da floresta um rugido terrível, e no momento seguinte um grande Leão invadiu a estrada. Com o golpe de sua pata, fez o Espantalho sair girando e girando pela lateral da estrada, em seguida atacou o Homem de Lata com suas garras afiadas. Mas, para a surpresa do Leão, ele não conseguiu deixar marcas na lata, embora o lenhador tenha caído na estrada e ficado imóvel.

O pequeno Totó, agora com um inimigo para enfrentar, correu latindo na direção do Leão, e a grande fera abriu a boca para morder o cachorro, quando Dorothy, temendo que Totó fosse morto e desatenta ao perigo, correu e deu o tapa mais forte que conseguiu no focinho do Leão, enquanto gritava:

– Não ouse morder o Totó! Você devia ter vergonha de si mesmo, um bicho grande como você mordendo um pobre cachorrinho!

– Eu não mordi – falou o Leão, enquanto esfregava com as patas o lugar do focinho em que Dorothy tinha batido.

– Não, mas tentou – retorquiu ela. – Você é só um grande covarde.

– Eu sei – disse o Leão, baixando a cabeça envergonhado. – Sempre soube. Mas o que posso fazer?

– Não sei, oras! E pensar que atacou um homem de palha como o pobre Espantalho!

– Ele é de palha? – perguntou o Leão, surpreso, vendo-a levantar o Espantalho e colocá-lo de pé, enquanto, com batidinhas, arrumava o formato dele.

– É claro que ele é de palha! – respondeu Dorothy, ainda brava.

– É por isso que caiu com tanta facilidade – comentou o Leão. – Fiquei surpreso de vê-lo girando daquele jeito. O outro também é de palha?

– Não – disse Dorothy –, é de lata – e ajudou o Homem de Lata a se levantar.

– É por isso que ele quase quebrou minhas garras – disse o Leão. – Quando arranhei a lata, um arrepio frio desceu pelas minhas costas. E o que é aquele animalzinho de quem você gosta tanto?

– É meu cachorro, Totó – explicou Dorothy.

– Ele é feito de lata ou de palha? – perguntou o Leão.

– Nenhum dos dois. Ele é um... um... um... cachorro de carne e osso – disse a garota.

– Ah! É um animal curioso e parece muitíssimo pequeno, agora olhando melhor. Ninguém pensaria em morder uma coisinha dessas, só um covarde como eu – continuou o Leão, com tristeza.

– O que o torna um covarde? – perguntou Dorothy, olhando para a grande fera com espanto, pois ele era do tamanho de um pequeno cavalo.

– É um mistério – respondeu o Leão. – Imagino que tenha nascido assim. Todos os outros animais da floresta naturalmente esperam que eu seja corajoso, pois em todos os lugares acham que o Leão é o Rei da Selva. Aprendi que se eu rugir muito alto, todos os seres vivos se assustam e saem do meu caminho. Sempre que encontrei homens fiquei horrivelmente assustado; mas só rugi para eles, e sempre fugiram o mais rápido possível. Se elefantes, tigres ou ursos tentam lutar comigo, eu mesmo quero correr, de tão covarde que sou; mas assim que me ouvem rugir, todos tentam fugir de mim, e claro que os deixo ir.

– Mas isso não está certo. O Rei da Selva não deveria ser um covarde – disse o Espantalho.

– Eu sei – devolveu o Leão, limpando uma lágrima dos olhos com a ponta da cauda. – É minha maior mágoa e torna minha vida muito infeliz. Mas sempre que há perigo, meu coração começa a bater rápido.

– Talvez você tenha uma doença do coração – opinou o Homem de Lata.

– Pode ser – disse o Leão.

– Se tiver – continuou o Homem de Lata –, deveria ser grato, pois prova que você tem coração. De minha parte, não tenho, então, não posso ter doença do coração.

– Se eu não tivesse um coração, talvez não fosse covarde – disse o Leão.

– Você tem cérebro? – quis saber o Espantalho.

– Imagino que sim. Nunca olhei para ver – respondeu o Leão.

– Vou ao Grande Oz pedir para ele me dar um – comentou o Espantalho –, pois minha cabeça está cheia de palha.

– E eu vou pedir para ele me dar um coração – disse o Homem de Lata.

– E eu vou pedir para ele mandar o Totó e eu de volta ao Kansas – completou Dorothy.

– Você acha que Oz poderia me dar coragem? – perguntou o Leão Covarde.

– Tanto quanto poderia me dar um cérebro – disse o Espantalho.

– Ou me dar um coração – concordou o Homem de Lata.

– Ou me mandar de volta ao Kansas – finalizou Dorothy.

– Então, se não se importarem, vou com vocês – disse o Leão –, pois minha vida é simplesmente insuportável sem um pouco de coragem.

– Será muito bem-vindo – respondeu Dorothy –, pois me ajudará a afastar as outras feras selvagens. Parece-me que elas devem ser mais covardes do que você, por se deixarem ser assustadas tão facilmente.

– São mesmo – disse o Leão –, mas isso não me torna mais corajoso e, enquanto souber que sou um covarde, serei infeliz.

Então, mais uma vez, o grupo começou a jornada, com o Leão andando a passos elegantes ao lado de Dorothy. Totó, no início, não aprovou esse novo companheiro, pois não conseguia esquecer que tinha sido quase esmagado entre os grandes dentes do Leão. Mas, depois de um tempo, ficou mais confortável e, logo, Totó e o Leão Covarde passaram a ser bons amigos.

Durante o resto do dia, não houve outra aventura para atrapalhar o ritmo da jornada. Uma vez, inclusive, o Homem de Lata pisou num besouro que se arrastava pela estrada e matou o pobrezinho. Isso deixou o Homem de Lata muito infeliz, pois ele sempre tinha o cuidado de não machucar nenhuma criatura viva; e, enquanto andava, derramou várias lágrimas de tristeza e arrependimento. Essas lágrimas correram lentamente pelo rosto dele até as dobradiças de sua mandíbula, que enferrujaram. Quando Dorothy lhe fez uma pergunta, o Homem de Lata não conseguiu abrir a boca, pois sua mandíbula estava grudada com força pela ferrugem. Ele ficou muito assustado com isso e fez vários gestos para Dorothy aliviá-lo, mas ela não conseguiu entender. O Leão também ficou curioso para saber o que havia de errado. Mas o Espantalho pegou a lata de óleo da cesta de Dorothy e lubrificou a mandíbula do lenhador, que, após alguns instantes, conseguiu falar tão bem quanto antes.

– Isso vai me servir de lição – disse ele – para olhar onde piso. Pois se matar outro inseto ou besouro, certamente chorarei de novo, e chorar enferruja minha mandíbula, e então não consigo falar.

A partir dali, ele caminhou com muito cuidado, com os olhos na estrada e, quando via uma minúscula formiga, passava por cima, para não a machucar. O Homem de Lata sabia muito bem que não tinha coração e, portanto, tomava muito cuidado para nunca ser cruel ou grosseiro com nada.

– Vocês, que têm coração – falou ele –, têm algo para guiá-los e nunca precisam fazer o mal; mas eu não tenho coração, então, preciso ser muito cuidadoso. Quando Oz me der um coração, claro, não precisarei de tanta cautela.

A JORNADA ATÉ O GRANDE OZ

Eles foram obrigados, naquela noite, a acampar debaixo de uma grande árvore na floresta, pois não havia casas por perto. A árvore tinha uma copa boa e grossa para protegê-los do orvalho, e o Homem de Lata cortou uma grande pilha de madeira com seu machado; Dorothy fez então uma esplêndida fogueira que a aqueceu e a fez sentir-se menos solitária. Ela e Totó comeram o resto do pão, e agora ela não sabia o que fariam no café da manhã.

– Se desejar – disse o Leão –, posso ir à floresta matar um veado para você. Pode assá-lo na fogueira, já que seus gostos são tão peculiares que preferem comida cozida, e aí terão um ótimo café da manhã.

– Não! Por favor, não faça isso! – implorou o Homem de Lata. – Com certeza, vou chorar se você matar um pobre veado, e aí minha mandíbula vai enferrujar de novo.

Mas o Leão foi para a floresta e achou seu próprio jantar, e ninguém nunca soube o que era, pois ele não disse. E o Espantalho encontrou uma árvore cheia de nozes e encheu a cesta de Dorothy com elas, para que a menina não tivesse fome por muito tempo. Ela achou isso muito gentil e atencioso da parte do Espantalho, mas riu muito com a forma esquisita como a pobre criatura pegava as nozes. Suas mãos acolchoadas eram tão desastradas e as nozes tão pequenas, que ele derrubava quase o mesmo tanto que colocava na cesta. Mas o Espantalho não se importou com o tempo que levou para encher a cesta, pois isso o deixava longe do fogo, já que temia que uma faísca pudesse cair em sua palha e queimá-lo. Então, manteve uma boa distância das chamas, e só chegou perto para cobrir Dorothy com folhas secas quando ela se deitou para dormir. Isso a manteve muito confortável e quentinha, e ela dormiu profundamente até de manhã.

Quando o sol nasceu, a garota lavou o rosto num riachinho ondulante, e logo depois seguiram em direção à Cidade das Esmeraldas.

Seria um dia cheio de acontecimentos para os viajantes. Mal estavam caminhando há uma hora quando viram, diante deles, um grande fosso que cruzava a estrada e dividia a floresta em dois lados até onde conseguiam enxergar. Era um fosso muito amplo e, quando chegaram até a beirada e olharam lá dentro, puderam ver que também era muito profundo, com muitas pedras grandes e pontudas no fundo. Os lados eram tão íngremes que nenhum deles conseguiria descer e, por um momento, pareceu que a jornada teria de acabar.

– O que vamos fazer? – perguntou Dorothy, em desespero.

– Não tenho a menor ideia – disse o Homem de Lata, e o Leão balançou sua juba desgrenhada e pareceu pensativo.

Mas o Espantalho disse:

– Não podemos voar, isso é certo. Também não podemos descer até esse grande fosso. Portanto, se não conseguirmos pular sobre ele, precisamos parar onde estamos.

– Acho que consigo pular – falou o Leão Covarde, depois de medir a distância com cuidado em sua mente.

– Então, tudo bem – respondeu o Espantalho –, porque você pode carregar todos nós para o outro lado em suas costas, um por vez.

– Bom, vou tentar – disse o Leão. – Quem vai primeiro?

– Eu – declarou o Espantalho –, pois, se você vir que não consegue pular sobre o abismo, Dorothy morrerá e o Homem de Lata ficará muito amassado pelas rochas. Mas se eu estiver em suas costas, não importará tanto, pois a queda não me machucará nada.

– Eu mesmo estou com muito medo de fracassar – disse o Leão Covarde –, mas acho que só nos resta tentar. Então, suba em minhas costas e vamos lá.

O Espantalho sentou nas costas do Leão, e a grande fera caminhou até a beira do abismo e se agachou.

– Por que você não corre e pula? – perguntou o Espantalho.

– Porque não é assim que nós, leões, fazemos essas coisas – respondeu ele. Aí, com um grande impulso, voou pelo ar e caiu com segurança do outro lado. Todos ficaram muito felizes de ver a facilidade com que ele fez aquilo e, depois de o Espantalho descer de suas costas, o Leão cruzou o fosso de novo.

Dorothy achou que deveria ser a próxima; então, pegou Totó nos braços e subiu nas costas do Leão, segurando forte na juba dele com uma mão. No momento seguinte, pareceu que ela estava voando pelo ar; e, antes que pudesse pensar, estava segura do outro lado. O Leão voltou uma terceira vez e pegou o Homem de Lata, e depois todos se sentaram um pouco, para o animal ter uma chance de descansar, já que seus grandes saltos o tinham deixado sem fôlego, e ele resfolegava como um cachorro enorme que correu por tempo demais.

Viram que a floresta era muito densa daquele lado, e parecia escura e melancólica. Depois de o Leão ter descansado, começaram a caminhar pela estrada de tijolos amarelos, perguntando-se silenciosamente, cada um em sua própria mente, se chegariam ao fim do bosque e alcançariam o sol brilhante de novo. Para piorar o desconforto deles, logo ouviram barulhos estranhos nas profundezas da floresta, e o Leão sussurrou a eles que era ali que viviam os Kalidahs.

– O que são os Kalidahs? – perguntou a menina.

– São bestas monstruosas com corpos de urso e cabeças de tigre – explicou o Leão –, e com garras tão longas e afiadas que poderiam me rasgar em dois tão facilmente quanto eu poderia matar o Totó. Tenho muitíssimo medo dos Kalidahs.

– Não estou surpresa por você ter – respondeu Dorothy. – Devem ser feras terríveis.

O Leão estava prestes a responder, quando, de repente, encontraram outro abismo na estrada. Mas esse era tão amplo e profundo que o Leão viu na hora que não conseguiria pular.

Então, sentaram-se para considerar o que deveriam fazer e, depois de muito pensar, o Espantalho falou:

– Aqui há uma grande árvore próxima ao fosso. Se o Homem de Lata conseguir cortá-la, de modo que caia do outro lado, podemos atravessar por ela facilmente.

– É uma ideia de primeira – disse o Leão. – Quase dá para suspeitar que você tem um cérebro na cabeça, em vez de palha.

O lenhador começou imediatamente a trabalhar, e seu machado era tão afiado que a árvore logo foi inteira cortada. Então, o Leão colocou suas patas dianteiras fortes contra a árvore e empurrou com todo o seu poder, e lentamente a grande árvore se inclinou e tombou, com os galhos de cima do outro lado.

Eles tinham começado a cruzar aquela estranha ponte, quando um rugido alto os fez olhar para cima, e, para seu horror, viram correndo em sua direção duas grandes feras com corpos de urso e cabeças de tigre.

– São os Kalidahs! – disse o Leão Covarde, começando a tremer.

– Rápido! – gritou o Espantalho. – Vamos atravessar.

Então, Dorothy foi primeiro, segurando Totó nos braços, o Homem de Lata seguiu e o Espantalho foi depois. O Leão, embora certamente estivesse com medo, se virou para enfrentar os Kalidahs, e deu um rugido tão alto e terrível que Dorothy gritou, o Espantalho caiu de costas e até as bestas ferozes pararam e olharam para ele com surpresa.

Mas, vendo que eram maiores que o Leão e lembrando que estavam em dois e só havia um dele, os Kalidahs de novo atacaram, e o Leão cruzou a árvore e se virou para ver o que fariam depois. Sem parar um instante, as feras também começaram a cruzar a árvore. Então o Leão disse a Dorothy:

– Estamos perdidos, pois certamente nos farão em pedaços com suas garras afiadas. Mas fiquem perto de mim e vamos lutar contra eles enquanto eu estiver vivo.

– Esperem! – gritou o Espantalho. Ele estava pensando no que era melhor fazer, e pediu para o Homem de Lata cortar a extremidade da árvore que estava apoiada no lado deles do fosso. O lenhador começou imediatamente a usar seu machado e, quando os dois Kalidahs estavam quase do outro lado, a árvore caiu fazendo barulho no fosso, carregando as duas feras feias, que viraram pedacinhos nas pedras pontiagudas do abismo.

– Bem – disse o Leão Covarde, respirando fundo de alívio –, vejo que vamos viver um pouco mais, e estou feliz por isso, pois deve ser uma coisa muito desconfortável não estar vivo. Aquelas criaturas me assustaram tanto que meu coração ainda está batendo forte.

– Ah – disse o Homem de Lata, com tristeza –, queria ter um coração para bater.

Essa aventura deixou os viajantes mais ansiosos do que nunca para sair da floresta, e eles caminharam tão rápido que Dorothy se cansou e teve de ir nas costas do Leão. Para grande alegria de todos, as árvores ficavam mais finas à medida que eles avançavam e, à tarde, chegaram a um largo rio, que fluía com rapidez diante deles. Do outro lado da água, viram a estrada de tijolos amarelos cortando uma bela terra, com grandes prados verdes pontuados por flores coloridas, e toda a estrada era ladeada por árvores cheias de deliciosos frutos. Ficaram muito felizes com aquela visão encantadora diante deles.

– Como atravessaremos o rio? – perguntou Dorothy.

– Isso é fácil – replicou o Espantalho. – O Homem de Lata precisa construir uma jangada para podermos flutuar até o outro lado.

Então, o lenhador pegou seu machado e começou a cortar pequenas árvores para fazer a jangada e, enquanto estava ocupado com isso, o Espantalho achou na margem do rio uma árvore cheia de ótimas frutas. Isso agradou a Dorothy, que só tinha comido nozes o dia todo, e assim pôde ter uma farta refeição de frutas frescas.

Mas leva tempo fazer uma jangada, mesmo quando se é tão esforçado e incansável quanto o Homem de Lata, e ao cair da noite o trabalho ainda não estava pronto. Então, acharam um lugar confortável sob as árvores, onde dormiram bem até de manhã; e Dorothy sonhou com a Cidade das Esmeraldas e com o bom Mágico de Oz, que logo a mandaria de volta a sua própria casa.

O CAMPO DE PAPOULAS MORTAIS

Nosso pequeno grupo de viajantes acordou na manhã seguinte descansado e cheio de esperança, e Dorothy tomou um café de princesa, com pêssegos e ameixas das árvores ao lado do rio. Atrás deles estava a floresta escura que haviam atravessado com segurança, embora sofrendo muitos percalços; mas diante deles havia uma terra adorável, ensolarada, que parecia chamá-los à Cidade das Esmeraldas.

Claro, o rio largo os separava dessa bela terra. Mas a jangada estava quase pronta e, depois de o Homem de Lata cortar mais algumas toras e amarrá-las com cipó, eles estavam prontos para começar. Dorothy sentou no meio da jangada, segurando Totó nos braços. Quando o Leão Covarde pisou na jangada, ela balançou muito, pois ele era grande e pesado demais; mas o Espantalho e o Homem de Lata ficaram na outra ponta para estabilizar, e tinham longos paus na mão para empurrar a jangada pela água.

Foram muito bem no início, mas, quando alcançaram o meio do rio, a corrente veloz varreu a jangada rio abaixo, cada vez mais longe da estrada de tijolos amarelos. A água ficou tão profunda que os remos longos não tocavam o fundo.

– Isto é ruim – disse o Homem de Lata –, pois se não conseguirmos chegar à outra margem, seremos carregados para a terra da Bruxa Má do Oeste, e ela vai nos enfeitiçar e tornar escravos dela.

– E aí eu não conseguirei um cérebro – falou o Espantalho.

– E eu não conseguirei coragem – falou o Leão Covarde.

– E eu não conseguirei um coração – falou o Homem de Lata.

– E eu nunca voltarei ao Kansas – falou Dorothy.

– Certamente, precisamos chegar à Cidade das Esmeraldas – continuou o Espantalho, e empurrou tão forte seu longo pedaço de madeira que ele ficou preso na lama do fundo do rio. Mas, antes de ele conseguir tirá-lo de novo ou soltá-lo, a jangada foi levada, e o pobre Espantalho ficou se segurando no remo no meio do rio.

– Adeus! – gritou para eles, que ficaram muito tristes de vê-lo ficar para trás. O Homem de Lata chegou a começar a chorar, mas, por sorte, lembrou que podia enferrujar e, assim, secou suas lágrimas no avental de Dorothy.

Claro que isso era ruim para o Espantalho.

"Agora, estou pior do que quando conheci Dorothy", pensou ele. "Antes, eu estava preso num poste num milharal, onde podia assustar os corvos de mentirinha, pelo menos. Mas com certeza não há utilidade para um Espantalho preso num poste no meio de um rio. Tenho medo de, afinal, nunca conseguir um cérebro!"

A jangada flutuou rio abaixo, e o pobre Espantalho ficou bem para trás. Então, o Leão disse:

– É preciso fazer algo para nos salvar. Acho que consigo nadar até a margem e puxar a jangada, se vocês se segurarem firme na ponta da minha cauda.

Então, ele pulou na água, e o Homem de Lata segurou a cauda dele rapidamente. O Leão começou a nadar com toda a sua força para a margem. Era um trabalho duro, embora ele fosse grande; mas, aos poucos, saíram da corrente, e aí Dorothy pegou o longo remo do Homem de Lata e ajudou a empurrar a jangada até a margem.

Estavam todos cansados quando finalmente chegaram à margem e pisaram na grama verde e bonita, e também sabiam que a corrente os tinha carregado muito além da estrada de tijolos amarelos que levava à Cidade das Esmeraldas.

– O que faremos agora? – perguntou o Homem de Lata, enquanto o Leão deitava na grama para deixar o sol secá-lo.

– Precisamos voltar de alguma forma para a estrada – disse Dorothy.

– O melhor plano será caminhar pela margem do rio até chegarmos de novo à estrada – comentou o Leão.

Então, quando estavam descansados, Dorothy pegou sua cesta e eles começaram a andar pela margem gramada até a estrada da qual o rio os tinha afastado. Era uma terra adorável, com muitas flores e árvores frutíferas e sol para animá-los, e se não sentissem tanta pena do pobre Espantalho, estariam muito felizes.

Caminharam o mais rápido que conseguiam, Dorothy parando apenas uma vez para colher uma linda flor; e depois de um tempo o Homem de Lata gritou:

– Vejam!

Então, todos olharam para o rio e viram o Espantalho empoleirado em seu pedaço de madeira no meio da água, parecendo muito triste e solitário.

– O que podemos fazer para salvá-lo? – indagou Dorothy.

O Leão e o Homem de Lata balançaram a cabeça, pois não sabiam. Então, sentaram-se à margem e olharam melancólicos para o Espantalho, até que voou uma cegonha que, vendo-os, parou para descansar à beira da água.

– Quem são vocês e para onde estão indo? – perguntou a Cegonha.

– Sou a Dorothy – respondeu a garota – e estes são meus amigos, o Homem de Lata e o Leão Covarde; e estamos indo à Cidade das Esmeraldas.

– Esta não é a estrada certa – disse a Cegonha, torcendo seu longo pescoço e olhando atentamente para aquele grupo esquisito.

– Eu sei – retrucou Dorothy –, mas perdemos o Espantalho e estamos pensando como recuperá-lo.

– Onde ele está? – quis saber a Cegonha.

– Lá no rio – respondeu a garotinha.

– Se ele não fosse tão grande e pesado, eu o pegaria para vocês – comentou a Cegonha.

– Ele não é nada pesado – falou Dorothy, animada –, pois é recheado de palha; e se você o trouxer de volta, nós lhe seremos muito gratos.

– Bem, vou tentar – disse a Cegonha –, mas se achar pesado demais para carregar, vou ter que jogá-lo de volta no rio.

Assim, o pássaro grande voou pelo ar e acima da água até chegar ao Espantalho empoleirado em seu poste. Então, a Cegonha, com suas grandes garras, agarrou o Espantalho pelo braço e o carregou no ar e de volta à margem, onde estavam sentados Dorothy, o Homem de Lata, o Leão e Totó.

Quando o Espantalho se viu de novo entre amigos, ficou tão feliz que abraçou a todos, até o Leão e Totó; e enquanto caminhavam, ele cantava "*Trá-lá-lá-lá-lá*" a cada passo, de tão feliz.

– Tive medo de ficar para sempre no rio – disse ele –, mas a Cegonha gentil me salvou e, se eu conseguir meu cérebro, vou encontrá-la de novo e fazer um favor de volta.

– Não precisa – disse a Cegonha, que voava ao lado deles. – Sempre gosto de ajudar qualquer um em apuros. Mas agora preciso ir, pois meus bebês estão me esperando no ninho. Espero que encontrem a Cidade das Esmeraldas e que Oz os ajude.

– Obrigada – respondeu Dorothy, e a Cegonha gentil voou até logo sair de vista.

Seguiram caminhando, ouvindo a cantoria dos pássaros de cores vivas e observando as lindas flores que agora se via em tal quantidade que formavam um tapete no chão. Eram grandes flores amarelas e azuis e brancas, ao lado de grandes grupos de papoulas vermelhas, de cor tão brilhante que quase ofuscaram Dorothy.

– Não são lindas? – perguntou a menina, enquanto inspirava o aroma apimentado das flores coloridas.

– Devem ser – respondeu o Espantalho. – Quando eu tiver cérebro, provavelmente vou gostar mais.

– Se eu tivesse um coração, com certeza as amaria – completou o Homem de Lata.

– Já eu sempre gostei de flores – falou o Leão. – Parecem tão inocentes e frágeis. Mas na floresta nenhuma é tão brilhante quanto estas.

Adiante, encontraram mais e mais das grandes papoulas vermelhas, e menos e menos das outras flores; e logo se viram em meio a um grande campo de papoulas. É um fato conhecido que quando há muitas dessas flores juntas, o aroma delas é tão poderoso que quem o respira cai no sono e, se não for levado para longe do cheiro das flores, dorme para sempre. Mas Dorothy não sabia disso, nem conseguia se afastar das flores vermelhas que estavam por todos os lados; então, logo, seus olhos ficaram pesados e ela sentiu que precisava sentar para descansar e dormir.

Mas o Homem de Lata não a deixou fazer isso.

– Precisamos correr e voltar à estrada de tijolos amarelos antes de anoitecer – disse ele; e o Espantalho concordou. Então, continuaram caminhando até Dorothy não conseguir mais aguentar. Os olhos dela se fecharam contra sua vontade, e ela se esqueceu de onde estava e caiu no meio das papoulas, num sono pesado.

– O que faremos? – perguntou o Homem de Lata.

– Se a deixarmos aqui, ela vai morrer – disse o Leão. – O cheiro das flores está matando a todos nós. Eu mesmo mal consigo ficar de olhos abertos, e o cachorro já está dormindo.

Era verdade; Totó estava caído ao lado de sua dona. Apenas o Espantalho e o Homem de Lata, não sendo feitos de carne e osso, não estavam perturbados pelo cheiro das flores.

– Corra rápido – disse o Espantalho ao Leão – e saia deste canteiro de flores mortífero assim que puder. Levaremos a garota conosco, mas se você cair no sono, é grande demais para ser carregado.

Então, o Leão concordou e correu em frente o mais rápido que conseguiu. Num momento, estava fora de vista.

– Vamos fazer uma cadeira com as mãos e carregá-la – sugeriu o Espantalho.

Então, colocaram o cãozinho no colo de Dorothy e usaram as mãos como assento da cadeira e os braços como encosto, e carregaram a garota adormecida pelo meio das flores.

Foram sempre em frente, e parecia que o grande tapete de flores mortais que os cercava nunca acabaria. Seguiram a curva do rio e, por fim, alcançaram seu amigo Leão, deitado no maior sono entre as papoulas. As flores tinham sido fortes demais para a enorme fera, e ele por fim havia desistido e caído faltando só uma curta distância para o fim do campo de papoulas, onde a doce grama se espalhava em belos campos verdes diante deles.

– Não podemos fazer nada por ele – disse o Homem de Lata, com tristeza –, pois ele é pesado demais para carregarmos. Devemos deixá-lo aqui para dormir para sempre, e talvez ele sonhe que achou coragem, no fim.

– Sinto muito – falou o Espantalho. – O Leão foi um ótimo companheiro para alguém tão covarde. Mas sigamos em frente.

Carregaram a menina adormecida até um local bonito ao lado do rio, longe o bastante do campo de papoulas para evitar que ela respirasse mais do veneno das flores, e lá ela ficou deitada gentilmente na grama macia, esperando que a brisa fresca a acordasse.

A RAINHA DOS RATOS DO CAMPO

– Não devemos estar longe da estrada de tijolos amarelos – comentou o Espantalho, ao lado da garota –, pois viemos quase tão longe quanto o rio nos levou.

O Homem de Lata estava prestes a responder quando ouviu um rosnado baixo e, virando a cabeça (que estava funcionando perfeitamente nas dobradiças), viu um bicho estranho saltitando pela grama em direção a eles. Era, na verdade, um enorme gato selvagem amarelo, e o Homem de Lata achou que devia estar caçando algo, pois suas orelhas estavam perto da cabeça e sua boca, bem aberta, mostrava duas fileiras de dentes horríveis, enquanto seus olhos vermelhos brilhavam como bolas de fogo. Quando a criatura chegou perto, o lenhador viu que, correndo em frente ao animal, havia um pequeno rato do campo cinza e, embora não tivesse coração, ele soube que era errado o gato selvagem tentar matar algo tão bonito e inofensivo.

Então, o Homem de Lata levantou seu machado e, quando o gato selvagem passou correndo, desferiu um golpe que separou a cabeça da fera do corpo, e ela rolou a seus pés em dois pedaços.

O rato do campo, agora livre do inimigo, estacou; e, aproximando-se lentamente do Homem de Lata, disse, numa vozinha esganiçada:

– Ah, obrigada! Muito obrigada por salvar minha vida.

– Não precisa agradecer, por favor – respondeu o Homem de Lata. – Não tenho coração, sabe, então, tomo muito cuidado para ajudar todos que possam precisar de um amigo, mesmo que por acaso seja só um rato.

– Só um rato! – gritou o animalzinho, indignado. – Ora, sou uma rainha. A Rainha dos Ratos do Campo!

– Ah, entendo – disse o Homem de Lata, com uma reverência.

– Portanto, você fez uma grande e corajosa ação ao salvar minha vida – completou a Rainha.

Naquele momento, vários ratos foram vistos correndo o mais rápido que suas patinhas podiam levá-los e, ao olharem sua Rainha, exclamaram:

– Ah, Vossa Majestade, achamos que seria morta! Como conseguiu escapar do grande gato selvagem? – todos fizeram reverências tão profundas à pequena Rainha que quase ficaram de cabeça para baixo.

– Este homenzinho de lata engraçado – respondeu ela – matou o gato selvagem e salvou minha vida. Então, daqui por diante, devem todos servi-lo e obedecer aos seus desejos.

– Faremos isso! – gritaram os ratos, num coro estridente. E se espalharam por todas as direções, pois Totó tinha acordado de seu sono e, ao ver todos aqueles ratos ao seu redor, deu um latido de deleite e pulou bem no meio do grupo. Totó sempre gostou de caçar ratos quando vivia no Kansas, e não viu problema naquilo.

Mas o Homem de Lata pegou o cão nos braços e segurou firme enquanto chamava os ratos:

– Voltem! Voltem! Totó não vai machucá-los.

Com isso, a Rainha dos Ratos colocou a cabeça para fora de um monte de grama e perguntou, numa voz tímida:

– Tem certeza de que ele não vai nos morder?

– Não vou deixar – disse o Homem de Lata –; então, não tenham medo.

Um por um, os animaizinhos rastejaram de volta, e Totó não latiu mais, embora tenha tentado sair dos braços do lenhador, e o teria mordido se não soubesse muito bem que ele era de lata. Finalmente, um dos maiores ratos falou.

– Há algo que possamos fazer – perguntou – para recompensá-lo por salvar a vida de nossa Rainha?

– Nada que eu saiba – respondeu o Homem de Lata; mas o Espantalho, que estava tentando pensar, mas não conseguia porque sua cabeça estava cheia de palha, disse, rapidamente:

– Ah, sim; vocês podem salvar nosso amigo, o Leão Covarde, que está dormindo no campo de papoulas.

– Um leão! – gritou a pequena Rainha. – Ora, ele comeria todos nós.

– Ah, não – declarou o Espantalho –, esse leão é um covarde.

– Mesmo? – perguntou a rata.

– Ele próprio diz isso – respondeu o Espantalho –, e nunca machucaria ninguém que é nosso amigo. Se nos ajudarem a salvá-lo, prometo que ele os tratará com gentileza.

– Muito bem – disse a Rainha –, confiamos em você. Mas o que devemos fazer?

– Há muitos desses ratos que lhe chamam de Rainha e estão dispostos a obedecê-la?

– Ah, sim, há milhares – respondeu ela.

– Então, mande que todos venham aqui assim que possível, e peça que cada um traga um pedaço longo de corda.

A Rainha virou-se aos ratos que a seguiam e disse para irem imediatamente buscar seu povo. Assim que ouviram a ordem, eles correram em todas as direções o mais rápido possível.

– Agora – disse o Espantalho ao Homem de Lata –, você precisa ir até aquelas árvores na margem do rio e fazer um vagonete para carregar o Leão.

Então, o Homem de Lata foi imediatamente às árvores e começou a trabalhar; e logo fez um vagonete com troncos de árvores, dos quais cortou todas as folhas e galhos. Uniu tudo com estacas de madeira e fez as quatro rodas com pedaços curtos de um grande tronco de árvore. Trabalhou tão rápido e tão bem que, quando os ratos começaram a chegar, o vagonete estava prontinho para eles.

Vieram de todas as direções, e eram milhares: ratos grandes, médio e pequenos; e cada um tinha na boca um pedaço de corda. Foi mais ou menos nessa hora que Dorothy acordou de seu longo sono e abriu os olhos. Ficou muito impressionada de se ver deitada na grama, com milhares de ratos ao redor olhando timidamente para ela. Mas o Espantalho lhe contou tudo e, voltando-se para a pequena Rainha, disse para a menina:

– Permita-me apresentar-lhe à sua majestade, a Rainha.

Dorothy fez uma reverência solene e a Rainha acenou em resposta à cortesia, e depois disso tratou a garota de forma muito amigável.

O Espantalho e o Homem de Lata agora começaram a amarrar os ratos ao vagonete, usando as cordas que eles trouxeram. Uma ponta de cada corda foi amarrada em torno do pescoço de cada rato, e a outra ao vagonete. Claro que o veículo era mil vezes maior do que qualquer um dos ratos amarrado a ele; mas quando todos os animaizinhos foram atrelados, conseguiram puxá-lo com facilidade. Até o Espantalho e o Homem de Lata puderam sentar nele, e foram levados com agilidade por seus cavalos estranhos até onde o Leão dormia.

Depois de muito trabalho, pois o Leão era pesado, conseguiram colocá-lo em cima do vagonete. Aí, a Rainha rapidamente deu ordem para seu povo ir, pois temia que, se os ratos ficassem entre as papoulas tempo demais, também dormiriam.

No início, as criaturinhas, embora fossem tantas, mal conseguiram mexer o vagonete pesado; mas o Homem de Lata e o Espantalho empurraram de trás, e aquilo funcionou melhor. Logo, rolaram o Leão para fora do campo de papoulas para as áreas verdes, onde ele podia respirar de novo o ar doce e fresco, em vez do aroma venenoso das flores.

Dorothy foi encontrá-los e agradeceu os ratinhos com afeto por salvarem seu companheiro da morte. Ela tinha se apegado tanto ao grande Leão que ficou feliz por ele ser resgatado.

Então, os ratos foram desamarrados do vagonete e se espalharam pela grama para suas casas. A Rainha dos Ratos foi a última a ir embora.

– Se precisarem de novo de nós – disse –, venham para o campo e chamem, vamos ouvi-los e viremos ajudar. Adeus!

– Adeus! – todos responderam, e lá se foi a Rainha correndo, enquanto Dorothy segurava Totó com força, para que ele não saísse em disparada atrás dela e a assustasse.

Depois disso, eles se sentaram ao lado do Leão até ele acordar; e o Espantalho trouxe para Dorothy algumas frutas de uma árvore lá de perto, que ela comeu no jantar.

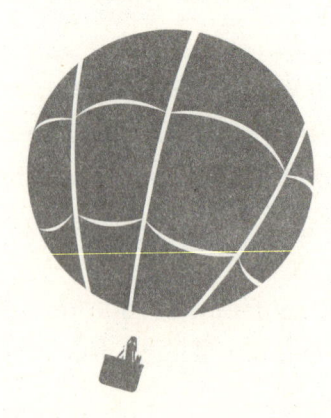

O GUARDIÃO DOS PORTÕES

Demorou um pouco até o Leão Covarde acordar, pois ele tinha ficado entre as papoulas por um longo tempo, respirando sua fragrância mortífera; mas quando abriu os olhos e rolou para fora do vagonete, ficou muito feliz de se ver ainda vivo.

– Corri o máximo que consegui – disse, sentando e bocejando –, mas as flores eram fortes demais para mim. Como vocês me tiraram dali?

Então, contaram-lhe sobre os ratos do campo, e como o tinham generosamente resgatado da morte; e o Leão Covarde riu e disse:

– Sempre me imaginei muito grande e terrível; mas coisinhas tão pequenas quanto flores chegaram perto de me matar, e animais tão pequenos quanto ratos salvaram minha vida. Que estranho tudo isso! Mas, companheiros, o que faremos agora?

– Precisamos continuar a jornada até acharmos de novo a estrada de tijolos amarelos – disse Dorothy –, e aí podemos seguir para a Cidade das Esmeraldas.

Então, com o Leão completamente recuperado e se sentindo bem de novo, eles reiniciaram o caminho, desfrutando bastante da caminhada pela grama macia e fresca; e não levou muito tempo para chegarem à estrada de tijolos amarelos e seguirem de novo para a Cidade das Esmeraldas onde morava o Grande Oz.

A estrada era lisa e bem pavimentada, e a terra ao redor era bela; os viajantes se alegraram de deixar a floresta para trás e, com ela, os muitos perigos que tinham encontrado em suas sombras melancólicas. Mais uma vez, puderam ver cercas construídas ao lado da estrada; mas estavam pintadas de verde e, quando o grupo chegou a uma casinha na qual evidentemente morava um fazendeiro, ela também estava pintada de verde. Passaram por várias dessas casas durante a tarde, e às vezes as pessoas vinham à porta e olhavam para eles como se quisessem fazer perguntas; mas ninguém chegou perto nem falou nada por causa do grande Leão, do qual tinham muito medo. As pessoas estavam todas vestidas com roupas de uma linda cor verde-esmeralda e usavam chapéus pontudos como os dos Munchkins.

– Esta deve ser a Terra de Oz – disse Dorothy –, e com certeza estamos nos aproximando da Cidade das Esmeraldas.

– Sim – concordou o Espantalho. – Tudo aqui é verde, enquanto na terra dos Munchkins a cor favorita era o azul. Mas as pessoas não parecem tão amigáveis quanto os Munchkins, e temo que não conseguiremos achar um lugar para passar a noite.

– Gostaria de algo para comer que não fosse fruta – falou a garota –, e tenho certeza de que Totó está quase morto de fome. Vamos parar na próxima casa e falar com os moradores.

Então, quando chegaram a uma casa de fazenda de bom tamanho, Dorothy foi intrepidamente até a porta e bateu.

Uma mulher abriu só o suficiente para olhar e disse:

– O que você quer, menina, e por que esse enorme leão está com você?

– Desejamos passar a noite com vocês, se nos permitirem – respondeu Dorothy. – E o Leão é meu amigo e companheiro, e não os machucaria de jeito algum.

– Ele é dócil? – perguntou a mulher, abrindo um pouco mais a porta.

– Ah, sim – falou a garota –, e também é um grande covarde. Vai ter mais medo de você do que você dele.

– Bem – disse a mulher, depois de pensar e dar mais uma olhada no Leão –, se é assim, pode entrar, e lhe darei algo para jantar e um lugar para dormir.

Então, todos entraram na casa, onde havia, além da mulher, duas crianças e um homem. O homem tinha machucado a perna e estava deitado num canto no sofá. Pareceram muito surpresos por ver um grupo tão estranho, e enquanto a mulher estava ocupada colocando a mesa, o homem perguntou:

– Aonde vocês todos estão indo?

– À Cidade das Esmeraldas – respondeu Dorothy –, para ver o Grande Oz.

– Ah, é claro! – exclamou o homem. – Tem certeza de que Oz vai recebê-los?

– Por que não? – respondeu ela.

– Bem, diz-se que ele nunca deixa ninguém o ver. Fui à Cidade das Esmeraldas muitas vezes, e é um lugar belo e maravilhoso; mas nunca me permitiram ver o Grande Oz, nem sei de ninguém vivo que já o tenha visto.

– Ele nunca sai? – perguntou o Espantalho.

– Nunca. Senta-se dia após dia na grande Sala do Trono de seu palácio, e mesmo os que o servem não o veem frente a frente.

– Como ele é? – quis saber a garota.

– É difícil dizer – falou o homem, pensativo. – Veja, Oz é um grande mágico, e pode assumir qualquer forma que desejar. Então, alguns dizem que ele parece um pássaro; e alguns dizem que parece um elefante; e alguns dizem que parece um gato. A outros, ele aparece como uma linda fada ou um duende, ou qualquer outra forma que o agrade. Mas quem é o verdadeiro Oz em sua própria forma, não há pessoa viva que saiba.

– Isso é muito estranho – comentou Dorothy –, mas devemos vê-lo de alguma forma ou teremos feito essa viagem à toa.

– Por que querem ver o terrível Oz? – questionou o homem.

– Quero que ele me dê um cérebro – disse o Espantalho, com ansiedade.

– Ah, Oz poderia fazer isso com facilidade – declarou o homem. – Ele tem mais cérebro do que precisa.

– E eu quero que ele me dê um coração – disse o Homem de Lata.

– Isso não será problema para ele – continuou o homem –, pois Oz tem uma grande coleção de corações, de todos os tamanhos e formatos.

– E eu quero que ele me dê coragem – disse o Leão Covarde.

– Oz guarda um grande pote de coragem em sua Sala do Trono – falou o homem –, coberto por um prato de ouro, para que não transborde. Ficará feliz em lhe dar um pouco.

– E eu quero que ele me mande de volta ao Kansas – disse Dorothy.

– Onde fica o Kansas? – perguntou o homem, surpreso.

– Não sei – lamentou Dorothy –, mas é minha casa, e com certeza é em algum lugar.

– Muito provavelmente. Bem, Oz pode fazer qualquer coisa; então, suponho que encontrará o Kansas para você. Mas primeiro devem conseguir vê-lo, e será uma tarefa difícil, pois o Grande Mágico não gosta de ver ninguém, e geralmente consegue o que quer. Mas o que você quer? – continuou, falando com Totó. O cãozinho só balançou o rabo, pois, estranhamente, não era capaz de falar.

A mulher chamou dizendo que o jantar estava pronto; então, reuniram-se ao redor da mesa. Dorothy comeu um pouco de mingau delicioso, um prato de ovos mexidos e outro de um bom pão branco, e desfrutou de sua refeição. O Leão provou um pouco do mingau, mas não gostou, dizendo que era feito de aveia, e aveia era para cavalos, não para leões. O Espantalho e o Homem de Lata não comeram nada. Totó comeu um pouco de tudo, e ficou feliz de ter mais uma vez um bom jantar.

A mulher, então, deu uma cama para Dorothy dormir, e Totó deitou ao lado dela, enquanto o Leão guardava a porta de seu quarto para ela não ser perturbada. O Espantalho e o Homem de Lata ficaram num canto, em silêncio a noite toda, embora, claro, não conseguissem dormir.

Na manhã seguinte, assim que o sol nasceu, seguiram seu caminho, e logo viram um lindo brilho verde no céu diante deles.

– Deve ser a Cidade das Esmeraldas – disse Dorothy.

Conforme caminhavam, o brilho verde ficou mais e mais forte, e pareceu que, finalmente, estavam chegando ao fim da viagem. Mas já era de tarde quando chegaram a um grande muro ao redor da cidade. Era alto e grosso, de uma cor verde viva.

Em frente a eles, e no fim da estrada de tijolos amarelos, havia um grande portão todo cravado de esmeraldas, que brilhavam tanto ao sol que os olhos pintados do Espantalho foram ofuscados pela luminosidade.

Havia uma campainha ao lado do portão. Dorothy apertou e ouviu um som metálico tilintando no interior. Então, o grande portão se abriu lentamente, e todos passaram e se viram num saguão alto, cujas paredes brilhavam com incontáveis esmeraldas.

Diante deles estava um homenzinho mais ou menos do tamanho dos Munchkins. Ele vestia verde da cabeça aos pés, e até sua pele era de um tom esverdeado. Ao seu lado, havia uma grande caixa verde.

Quando viu Dorothy e seus companheiros, o homem perguntou:

– O que desejam na Cidade das Esmeraldas?

– Viemos ver o Grande Oz – anunciou Dorothy.

O homem ficou tão surpreso com essa resposta que se sentou para pensar.

– Faz muitos anos que ninguém me pede para ver Oz – disse, balançando a cabeça com perplexidade. – Ele é poderoso e terrível, e se tiverem vindo dar alguma mensagem vã ou tola para perturbar as sábias reflexões do Grande Mágico, ele pode se irritar e destruí-los num instante.

– Mas não é uma mensagem tola, nem vã – respondeu o Espantalho –, é importante. E nos disseram que Oz é um mágico bom.

– É, sim – confirmou o homem verde –, e governa a Cidade das Esmeraldas bem e com sabedoria. Mas àqueles que não são honestos ou o abordam por curiosidade, ele é muito terrível, e poucos jamais ousaram pedir para vê-lo pessoalmente. Sou o Guardião dos Portões e, como exigem ver o Grande Oz, devo levá-los ao palácio dele. Mas, primeiro, vocês precisam colocar os óculos.

– Por quê? – quis saber Dorothy.

– Porque, se não usarem, o brilho e a glória da Cidade das Esmeraldas os cegarão. Mesmo aqueles que vivem na cidade devem usar os óculos noite e dia. Os óculos ficam trancados a chave, pois Oz assim o ordenou quando a cidade foi construída, e eu tenho a única chave que pode destrancá-los.

Ele abriu a grande caixa, e Dorothy viu que estava cheia de óculos de todos os tamanhos e formatos. Todos tinham lentes verdes. O Guardião dos Portões encontrou um que cairia bem em Dorothy e colocou no rosto dela. Havia duas tiras douradas e amarradas à armação, que passaram por trás da cabeça dela, onde foram presas por uma pequena chave que ficava pendurada numa corrente que o Guardião dos Portões usava no pescoço. Uma vez os óculos no lugar, Dorothy não conseguia tirá-los nem se quisesse, mas é claro que não queria ser cegada pela luz da Cidade das Esmeraldas, então, não falou nada.

Depois, o homem verde colocou óculos no Espantalho, no Homem de Lata, no Leão e até no pequeno Totó; e todos foram fechados com a chave.

Depois, o Guardião dos Portões colocou seus próprios óculos e anunciou a eles que estava pronto para mostrar-lhes o palácio. Pegando uma grande chave de ouro de um gancho na parede, ele abriu outro portão, e todos o seguiram pelo portal até as ruas da Cidade das Esmeraldas.

A MARAVILHOSA CIDADE DE OZ

Mesmo com os olhos protegidos pelos óculos verdes, Dorothy e seus amigos, no início, foram ofuscados pela luminosidade da maravilhosa cidade. As ruas eram ladeadas por lindas casas, todas feitas de mármore verde e cravejadas de esmeraldas brilhantes. Eles andavam por um pavimento feito do mesmo mármore verde, e no ponto onde os blocos se uniam havia fileiras de esmeraldas encaixadas perto uma da outra e brilhando com a claridade do sol. Os vidros das janelas eram verdes; até o céu acima da cidade tinha um tom esverdeado, e os raios de sol eram verdes.

Havia muita gente – homens, mulheres e crianças – passeando, todos vestidos de verde e com pele esverdeada. Olhavam para Dorothy e seu grupo estranhamente variado com olhos curiosos, e as crianças todas fugiam e se escondiam atrás das mães ao ver o Leão; mas ninguém falou com eles. Havia muitas lojas na rua, e Dorothy viu que tudo nelas era verde. Vendiam-se doces verdes e pipoca verde, além de sapatos verdes, chapéus verdes e roupas verdes de todo tipo. Em uma delas, um homem estava vendendo limonada e, quando as crianças compravam, Dorothy viu que pagavam com moedas verdes.

Parecia não haver cavalos nem animais de qualquer tipo; os homens carregavam as coisas em pequenos carrinhos verdes, que empurravam à sua frente. Todos pareciam felizes, contentes e prósperos.

O Guardião dos Portões os levou pelas ruas até chegarem a um prédio grande bem no meio da Cidade, que era o Palácio de Oz, o Grande Mágico. Havia um soldado na porta, vestido com um uniforme verde e ostentando uma longa barba verde.

– Aqui estão alguns estranhos – disse o Guardião dos Portões a ele – que desejam ver o Grande Oz.

– Entrem – respondeu o soldado –, e levarei sua mensagem a ele.

Então, passaram pelos portões do palácio e foram levados a uma grande sala com um carpete verde e lindos conjuntos de móveis verdes enfeitados de esmeraldas. O soldado fez todos limparem os pés num tapete verde antes de entrar nessa sala e, quando estavam sentados, disse respeitosamente:

– Por favor, fiquem à vontade enquanto vou à porta da Sala do Trono e digo a Oz que estão aqui.

Eles tiveram de esperar muito tempo até o soldado voltar. Quando, por fim, ele veio, Dorothy perguntou:

– Você viu Oz?

– Ah, não – respondeu o soldado. – Nunca o vi. Mas entreguei a mensagem de vocês enquanto ele sentava atrás de sua cortina. Ele disse que concederá uma audiência, se assim desejarem; mas cada um de vocês deve comparecer em sua presença sozinho, e ele admitirá apenas um por dia. Portanto, como precisarão permanecer no palácio por vários dias, eu os levarei aos quartos onde podem descansar confortavelmente de sua viagem.

– Obrigada – replicou a garota. – É muito gentil da parte de Oz.

O soldado assoprou um apito verde e imediatamente uma jovem vestida com um bonito vestido de seda verde entrou na sala. Ela tinha um lindo cabelo verde e olhos da mesma cor, e fez uma profunda reverência diante de Dorothy, dizendo:

– Siga-me e a levarei a seu quarto.

Assim, Dorothy se despediu de todos os seus amigos, exceto Totó, e com o cão em seus braços seguiu a garota verde por sete passagens e três lances de escada, até chegarem a um quarto na frente do palácio. Era o quarto mais gracioso do mundo, com uma cama macia e confortável, lençóis de seda verde e uma colcha de veludo verde. Havia uma pequena fonte no meio do quarto, soltando no ar uma bruma verde que caía de volta numa bela bacia de mármore verde entalhado. A janela tinha lindas flores verdes, e uma prateleira guardava uma fileira de livros verdes. Quando Dorothy teve tempo de abri-los, descobriu que estavam cheios de estranhas imagens verdes que a fizeram rir, de tão engraçadas.

Num armário, havia muitos vestidos verdes, feitos de seda, cetim e veludo; todos eles eram do exato tamanho de Dorothy.

– Sinta-se absolutamente em casa – disse a garota verde – e, se precisar de qualquer coisa, toque o sino. Oz a chamará amanhã de manhã.

Ela deixou Dorothy sozinha e voltou para buscar os outros. Também os levou a quartos, e cada um se viu acomodado numa parte muito agradável do palácio. Essa gentileza, é claro, foi desperdiçada no Espantalho, que quando se viu sozinho em seu quarto, ficou parado como uma estátua num lugar logo atrás da porta, esperando pela manhã. Deitar não o descansaria, e ele não conseguia fechar os olhos; então, permaneceu a noite toda observando uma pequena aranha fazer sua teia em um canto, como se aquele não fosse um dos quartos mais maravilhosos do mundo. O Homem de Lata deitou em sua cama pela força do hábito, pois se lembrava de quando era de carne e osso; mas, não conseguindo dormir, passou a noite movendo suas juntas para cima e para baixo para garantir que estavam funcionando bem. O Leão teria preferido uma cama de folhas secas na floresta, e não gostou de ficar trancado num quarto, mas tinha bom senso demais para deixar que isso o preocupasse, então, pulou na cama, enrolou-se como um gato e ronronou até dormir em um minuto.

No dia seguinte, após o café da manhã, a jovem verde veio buscar Dorothy e a vestiu com um dos vestidos mais bonitos, feito de cetim brocado verde. Dorothy colocou um avental verde e amarrou uma fita verde no pescoço de Totó, e se encaminharam à Sala do Trono do Grande Oz.

Primeiro, chegaram a um grande salão no qual havia muitas damas e cavalheiros da corte, todos vestidos com roupas elegantes. Essas pessoas não tinham nada a fazer a não ser conversar, mas sempre vinham esperar em frente à Sala do Trono todas as manhãs, embora nunca tivessem permissão de ver Oz. Quando Dorothy entrou, eles olharam com curiosidade, e um deles sussurrou:

– Você vai mesmo olhar o rosto de Oz, o Terrível?

– É claro – respondeu a garota –, se ele aceitar me receber.

– Ah, ele vai recebê-la – disse o soldado que tinha levado a mensagem dela ao Mágico –, embora ele não goste de pessoas pedindo para vê-lo. Aliás, de início, ficou bravo e disse que eu deveria mandá-la de volta para onde veio. Depois me perguntou como você era e, quando mencionei seus sapatos prateados, ficou muito interessado. Por fim, contei a ele sobre a marca em sua testa, e ele decidiu que a admitiria em sua presença.

Naquele momento, tocou um sino, e a garota verde disse a Dorothy:

– É o sinal. Você deve entrar sozinha na Sala do Trono.

Ela abriu uma portinha pela qual Dorothy entrou bravamente e se viu num lugar maravilhoso. Era uma sala grande e redonda, com um teto alto, e as paredes e o teto estavam cobertos de grandes esmeraldas cravejadas próximas umas das outras. No centro do teto havia uma grande luz, clara como o sol, que fazia as esmeraldas brilharem lindamente.

Mas o que mais interessou Dorothy foi o grande trono de mármore verde no meio da sala. Tinha o formato de uma cadeira e brilhava com pedras preciosas, como todo o resto. No centro da cadeira estava uma enorme cabeça, sem um corpo para apoiá-la, nem braços, pernas ou qualquer outra coisa. Não havia cabelo nessa cabeça, mas ela tinha olhos, nariz e boca, e era bem maior do que a cabeça do maior gigante.

Enquanto Dorothy contemplava aquilo surpresa e com medo, os olhos lentamente se viraram para olhá-la de forma contundente e contínua. Aí, a boca se moveu, e Dorothy ouviu uma voz dizer:

– Eu sou Oz, o Grande e Terrível. Quem é você, e por que me procura?

Não era uma voz tão horrível quanto ela tinha esperado que viesse da cabeça grande; por isso, ela tomou coragem e respondeu:

– Sou Dorothy, a Pequena e Mansa. Vim pedir sua ajuda.

Os olhos a consideraram com atenção por um minuto inteiro. Então, a voz disse:

– Onde você conseguiu os sapatos prateados?

– Peguei da Bruxa Má do Leste, quando minha casa caiu em cima dela e a matou.

– Onde conseguiu a marca em sua testa? – continuou a voz.

– Foi onde a Bruxa Boa do Norte me beijou quando se despediu de mim e me mandou até você – disse a garota.

De novo, os olhos a consideraram atentamente e viram que ela estava dizendo a verdade. Então, Oz perguntou:

– O que deseja que eu faça?

– Mande-me de volta ao Kansas, onde estão minha tia Em e meu tio Henry – respondeu ela, honestamente. – Não gosto de sua terra, embora seja muito bonita. E tenho certeza de que a tia Em deve estar terrivelmente preocupada com minha ausência há tanto tempo.

Os olhos piscaram três vezes, viraram-se ao teto, ao chão e giraram de um modo tão estranho que pareceram ver cada parte da sala. Por fim, miraram Dorothy de novo.

– Por que eu deveria fazer isso por você? – quis saber Oz.

– Porque você é forte e eu sou fraca; porque é um Grande Mágico e eu sou só uma garotinha.

– Mas foi forte o suficiente para matar a Bruxa Má do Leste – afirmou Oz.

– Aquilo foi um acaso – replicou Dorothy, simplesmente. – Não pude evitar.

– Bem – disse a cabeça –, darei minha resposta. Você não tem o direito de esperar que eu a mande de volta ao Kansas, a não ser que faça algo por mim. Nesta terra, todos têm de pagar tudo o que ganham. Se deseja que eu use meus poderes mágicos para mandá-la de volta para casa, deve fazer algo por mim primeiro. Ajude-me e eu a ajudarei.

– O que preciso fazer? – perguntou a garota.

– Mate a Bruxa Má do Oeste.

– Mas não sou capaz! – exclamou Dorothy, muito surpresa.

– Você matou a Bruxa do Leste e usa os sapatos prateados, que têm um feitiço poderoso. Agora, só há uma Bruxa Má em toda esta terra e, quando você me disser que ela está morta, eu a mandarei de volta ao Kansas, mas não antes disso.

A garotinha começou a chorar, de tão decepcionada; e os olhos piscaram de novo e a olharam nervosos, como se o Grande Oz achasse que ela podia ajudá-lo se quisesse.

– Nunca matei ninguém de propósito – ela soluçou. – Mesmo que quisesse, como mataria a Bruxa Má? Se você, que é Grande e Terrível, não consegue, como espera que eu faça?

– Não sei – disse a cabeça –, mas essa é minha resposta, e até a Bruxa Má morrer, você não verá novamente seu tio e sua tia. Lembre que a Bruxa é má, tremendamente má, e precisa ser morta. Agora vá, e não peça mais para me ver até completar sua tarefa.

Chateada, Dorothy deixou a Sala do Trono e voltou para onde o Leão, o Espantalho e o Homem de Lata esperavam para ouvir o que Oz lhe tinha dito.

– Não há esperança para mim – disse ela, com tristeza –, pois Oz não vai me mandar para casa até eu matar a Bruxa Má do Oeste, e isso eu nunca poderei fazer.

Os amigos lamentaram, mas não podiam fazer nada para ajudá-la. Então, Dorothy voltou ao seu quarto, deitou na cama e chorou até dormir.

Na manhã seguinte, o soldado de bigode verde foi buscar o Espantalho e disse:

– Venha comigo, pois Oz mandou chamá-lo.

Então, o Espantalho o seguiu e foi recebido na Sala do Trono, onde viu, sentada no trono de esmeraldas, uma mulher lindíssima. Estava com um vestido de seda verde e, sobre seus cachos verdes, usava uma coroa de joias. Saindo de seus ombros havia asas, de cor linda e tão leves que tremulavam quanto atingidas pelo menor sopro de ar.

Depois que o Espantalho fez uma reverência tão linda quanto seu recheio de palha permitia diante da bela criatura, ela olhou docemente e disse:

– Eu sou Oz, o Grande e Terrível. Quem é você, e por que me procura?

O Espantalho, que esperava ver a grande cabeça que Dorothy havia descrito, ficou muito espantado; mas respondeu corajosamente.

– Sou só um Espantalho, cheio de palha. Portanto, não tenho cérebro, e vim até aqui desejando que você coloque cérebro em minha cabeça, em vez de palha, para que eu possa me tornar um homem como qualquer outro em seus domínios.

– Por que eu deveria fazer isso por você? – perguntou a mulher.

– Porque é sábio e poderoso, e ninguém mais pode me ajudar – respondeu o Espantalho.

– Nunca concedo favores sem algum retorno – falou Oz –, mas isto lhe prometo. Se você matar a Bruxa Má do Oeste, vou lhe dar um grande cérebro, e tão bom que você será o homem mais sábio em toda a Terra de Oz.

– Pensei que tinha pedido para Dorothy matar a bruxa – falou o Espantalho, surpreso.

– Pedi. Não me importa quem a mate. Mas até ela estar morta, não concederei seu desejo. Agora vá, e não me procure de novo até merecer o cérebro que tanto deseja.

O Espantalho voltou desapontado a seus amigos e contou o que Oz tinha dito; e Dorothy ficou surpresa de saber que o Grande Mágico não era uma cabeça, como ela o tinha visto, mas uma linda mulher.

– Não importa – disse o Espantalho –, a mulher precisa de um coração tanto quanto o Homem de Lata.

Na manhã seguinte, o soldado de bigode verde foi ao Homem de Lata e disse:

– Oz mandou chamá-lo. Siga-me.

Então, o Homem de Lata seguiu o soldado até a grande Sala do Trono. Não sabia se encontraria Oz como uma linda mulher ou como uma cabeça, mas esperava que fosse a linda mulher.

– Pois – disse a si mesmo –, se for a cabeça, tenho certeza de que não receberei um coração, já que uma cabeça não tem coração e, portanto, não pode sentir pena de mim. Mas se for uma linda mulher, posso implorar muito por um coração, já que dizem que todas as mulheres têm um coração bom.

Mas quando o Homem de Lata entrou na grande Sala do Trono, não viu nem a cabeça, nem a mulher, pois Oz tinha assumido a forma da mais terrível fera. Era quase tão grande quanto um elefante, e o trono verde não parecia forte o suficiente para segurar seu peso. A Fera tinha uma cabeça semelhante a de um rinoceronte, mas com cinco olhos. Havia cinco longos braços crescendo de seu corpo, e também cinco pernas longas e esguias. Um pelo grosso e lanoso cobria cada parte, e não era possível imaginar um monstro mais assustador. Era uma sorte o Homem de Lata não ter coração, pois teria batido alto e forte com o terror. Mas, sendo só de lata, ele não ficou com medo algum, embora tenha se decepcionado muito.

– Eu sou Oz, o Grande e Terrível – falou a fera, numa voz que era um grande rugido. – Quem é você e por que me procura?

– Sou um lenhador, e feito de lata. Portanto, não tenho coração e não posso amar. Imploro que me dê um coração para que eu seja como os outros homens.

– Por que devo fazer isso? – exigiu saber a fera.

– Porque estou pedindo, e só você pode atender – respondeu o Homem de Lata.

Oz deu um rugido grave com isso, mas disse, grosseiramente:

– Se deseja mesmo um coração, precisa merecê-lo.

– Como?

– Ajude Dorothy a matar a Bruxa Má do Oeste – respondeu a fera. – Quando a Bruxa estiver morta, venha a mim, e então lhe darei o maior, mais gentil e mais amoroso coração de toda a Terra de Oz.

Então, o Homem de Lata foi forçado a voltar pesaroso a seus amigos e contar sobre a terrível fera que tinha visto. Todos se impressionaram com as várias formas que o Grande Mágico podia assumir, e o Leão disse:

– Se ele for uma fera, quando eu for vê-lo vou dar meu rugido mais alto e assustá-lo tanto que ele me dará tudo o que peço. E se for a linda mulher, vou fingir pular nela, e assim convencê-la a me atender. E se for a grande cabeça, estará a minha mercê, pois rolarei essa cabeça por toda a sala até ele prometer nos dar o que desejamos. Então, animem-se, meus amigos, pois tudo ainda ficará bem.

Na manhã seguinte, o soldado de bigode verde levou o Leão à grande Sala do Trono e disse para ele entrar e encontrar o Grande Oz.

O Leão passou imediatamente pela porta e, olhando ao redor, viu, para sua surpresa, que diante do trono estava uma bola de fogo, tão selvagem e brilhante que ele mal conseguia olhar para ela. Seu primeiro pensamento foi que Oz tinha acidentalmente pegado fogo e estava queimando; mas quando ele tentou chegar mais perto, o calor era tão intenso que chamuscou seus bigodes, e ele voltou tremendo a um local mais perto da porta.

Então, uma voz grave e baixa saiu da bola de fogo, e estas foram as palavras ditas:

– Eu sou Oz, o Grande e Terrível. Quem é você e por que me procura?

E o Leão respondeu:

– Sou um Leão Covarde, tenho medo de tudo. Vim implorar-lhe que me dê coragem, para que eu me torne o Rei da Selva, como me chamam os homens.

– Por que deveria lhe dar coragem? – exigiu saber Oz.

– Porque, de todos os mágicos, você é o maior, e o único com o poder de conceder meu pedido – respondeu o Leão.

A bola de fogo queimou forte por um momento, e a voz disse:

– Traga-me a prova de que a Bruxa Má está morta, e então lhe darei coragem. Mas enquanto a Bruxa viver, você permanecerá covarde.

O Leão ficou bravo com esse discurso, mas não conseguiu dizer nada em resposta e, enquanto ficava olhando para a bola de fogo, ela ficou tão furiosamente quente que ele se virou e saiu correndo da sala. Ficou feliz de ver seus amigos lhe esperando e contou a eles sobre sua terrível entrevista com o Mágico.

– O que faremos agora? – perguntou Dorothy com tristeza.

– Só há uma coisa a fazer – respondeu o Leão. – Ir à terra dos Winkies, achar a Bruxa Má e destruí-la.

– Mas e se não conseguirmos? – disse a garota.

– Aí, eu nunca terei coragem – declarou o Leão.

– E eu nunca terei cérebro – adicionou o Espantalho.

– E eu nunca terei um coração – falou o Homem de Lata.

– E eu nunca verei a tia Em e o tio Henry – disse Dorothy, começando a chorar.

– Cuidado! – gritou a garota verde. – As lágrimas vão cair no seu vestido de seda verde e manchá-lo.

Então, Dorothy secou os olhos e disse:

– Acho que devemos tentar; mas tenho certeza de que não quero matar ninguém, nem para ver a tia Em de novo.

– Vou com você, mas sou covarde demais para matar a Bruxa – disse o Leão.

– Vou também – declarou o Espantalho –, mas não vou ajudar muito, de tão burro que sou.

– Eu não tenho coração a ponto de prejudicar nem mesmo uma Bruxa – comentou o Homem de Lata –, mas, já que vocês vão, certamente vou junto.

Portanto, ficou decidido que começariam a jornada na manhã seguinte. O lenhador afiou seu machado numa pedra verde de amolar e lubrificou adequadamente todas as suas juntas. O Espantalho se encheu de palha nova e Dorothy pintou de novo os olhos dele, para que pudesse ver melhor. A garota verde, que era gentil com todos, encheu a cesta de Dorothy com coisas gostosas para comer e amarrou um sininho no pescoço de Totó com uma fita verde.

Eles foram para a cama bem cedo e dormiram profundamente até o nascer do sol, quando foram acordados pelo canto de um galo, que vivia no quintal do palácio, e pelo cacarejar de uma galinha que tinha botado um ovo verde.

A BUSCA PELA BRUXA MÁ

O soldado de bigode verde os levou pelas ruas da Cidade das Esmeraldas até chegarem ao saguão onde vivia o Guardião dos Portões. Esse oficial destrancou os óculos deles para guardar de volta em sua grande caixa, e educadamente abriu o portão para nossos amigos.

– Qual estrada leva à Bruxa Má do Oeste? – perguntou Dorothy.

– Não há estrada – respondeu o Guardião dos Portões. – Ninguém nunca deseja ir para lá.

– Como, então, vamos achá-la? – perguntou a menina.

– Isso vai ser fácil – respondeu o homem –, pois, quando ela souber que vocês estão na terra dos Winkies, vai achá-los e torná-los escravos dela.

– Talvez não – contrariou o Espantalho –, pois a nossa intenção é destruí-la.

– Ah, então é diferente – disse o Guardião dos Portões. – Ninguém nunca a destruiu antes, portanto, naturalmente achei que ela iria fazê-los escravos, como fez com os outros. Mas tomem cuidado, pois ela é má e poderosa, e não vai permitir que a destruam. Sigam para Oeste, onde o sol se põe, e com certeza vão encontrá-la.

Eles o agradeceram e se despediram, virando para o Oeste e caminhando por campos de grama macia pontilhados aqui e acolá por margaridas e botões-de-ouro. Dorothy ainda estava com o bonito vestido de seda que tinha colocado no palácio, mas agora, para sua surpresa, descobriu que não era mais verde, mas branco puro. A fita no pescoço de Totó também tinha perdido a cor e era branca como o vestido de Dorothy.

A Cidade das Esmeraldas logo ficou bem para trás. Conforme avançavam, o terreno se tornou mais árido e montanhoso, pois não havia fazendas nem casas neste país do Oeste, e o solo não era cultivado.

À tarde, o sol brilhou quente no rosto deles, pois não havia árvores para oferecer sombra; antes de a noite cair, Dorothy, Totó e o Leão estavam cansados, então se deitaram na grama e adormeceram, com o Homem de Lata e o Espantalho montando guarda.

Bem, a Bruxa Má do Oeste só tinha um olho, mas ele era poderoso como um telescópio, capaz de ver em todo canto. Sentada à porta de seu castelo, ela por acaso deu uma olhada e viu Dorothy dormindo, com seus amigos ao redor. Estavam muito distantes, mas a Bruxa Má ficou brava de encontrá-los em sua terra; então, soprou um apito prateado que estava pendurado no pescoço.

Na mesma hora, veio correndo de todas as direções uma alcateia de grandes lobos. Tinham longas patas, olhos ferozes e dentes afiados.

– Vão até aqueles lá – ordenou a Bruxa – e os façam em pedaços.

– Você não vai escravizá-los? – perguntou o líder dos lobos.

– Não – respondeu ela. – Um é de lata, e outro, de palha; além de ter uma menina e um leão. Nenhum deles serve para trabalhar, então, podem fazê-los em pedacinhos.

– Muito bem – disse o lobo, e partiu a toda velocidade, seguido pelos outros.

Era uma sorte o Espantalho e o Homem de Lata estarem bem acordados e ouvirem os lobos chegando.

– Esta luta é minha – disse o Homem de Lata –, por isso, fique atrás de mim, e vou enfrentá-los conforme vierem.

Ele pegou seu machado, que tinha deixado bem afiado, e, quando o líder dos lobos chegou, o Homem de Lata balançou o braço e cortou fora a cabeça do animal, que imediatamente morreu. Assim que conseguiu levantar o machado de novo, outro lobo veio, e também caiu sob a arma do lenhador. Havia quarenta lobos, e quarenta vezes um lobo foi morto, de forma que, por fim, todos estavam numa pilha diante do Homem de Lata.

Então, ele baixou seu machado e sentou ao lado do Espantalho, que disse:

– Foi uma boa luta, amigo.

Esperaram Dorothy acordar na manhã seguinte. A garotinha ficou muito assustada ao ver a grande pilha de lobos peludos, mas o Homem de Lata explicou tudo. Ela o agradeceu por salvá-los e se sentou para tomar café da manhã; depois disso recomeçaram a jornada.

Mas, naquela mesma manhã, a Bruxa Má foi à porta de seu castelo e olhou com seu único olho que enxergava longe. Viu todos os seus lobos mortos, e os estranhos ainda viajando por sua terra. Isso a deixou mais brava do que antes, e ela soprou seu apito prateado duas vezes.

Imediatamente, um grande bando de corvos selvagens voou em direção a ela, em número suficiente para escurecer o céu.

E a Bruxa Má disse ao Corvo Rei:

– Voe agora até os estranhos; arranque os olhos deles e os rasgue em pedacinhos.

Os corvos selvagens saíram voando num grande bando em direção a Dorothy e seus companheiros. Quando a garotinha os viu chegando, teve medo.

Mas o Espantalho disse:

– Esta é minha batalha, então, deitem-se atrás de mim e não serão feridos.

Assim, todos deitaram no chão, exceto o Espantalho, que se levantou e esticou os braços. E quando os corvos o viram, ficaram com medo, como essas aves sempre ficam de espantalhos, e não ousaram chegar mais perto. Mas o Corvo Rei disse:

– É só um homem de palha. Vou arrancar os olhos dele.

O Corvo Rei voou até o Espantalho, que agarrou a ave pela cabeça e torceu seu pescoço até ela morrer. E então outro corvo voou até ele, e o Espantalho também torceu seu pescoço. Havia quarenta corvos, e quarenta vezes o Espantalho torceu um pescoço, até no fim estarem todos mortos ao seu redor. Então, ele pediu para seus companheiros levantarem, e de novo eles seguiram sua jornada.

Quando a Bruxa Má olhou de novo e viu todos os corvos numa pilha, teve um terrível ataque de raiva e soprou três vezes seu apito prateado.

Sem demora, ouviu-se um grande zumbido no ar, e um enxame de abelhas negras veio voando na direção dela.

– Vão até os estranhos e os piquem até a morte! – ordenou a Bruxa, e as abelhas voaram rápido até chegar ao local onde Dorothy e seus amigos estavam caminhando. Mas o Homem de Lata já tinha visto o enxame se aproximar, e o Espantalho já tinha decidido o que fazer.

– Tire minha palha e espalhe por cima da menina, do cachorro e do Leão – disse ele ao Homem de Lata –, e as abelhas não conseguirão picá-los. – O Homem de Lata o fez, e com Dorothy deitada ao lado do Leão segurando Totó em seus braços, a palha os cobriu completamente.

As abelhas chegaram e só viram o Homem de Lata para picar, então, voaram nele e quebraram todos os ferrões na lata, sem machucá-lo nem um pouco. E como abelhas não podem viver sem ferrões, foi o fim das abelhas negras, que ficaram espalhadas ao redor do Homem de Lata, como pilhas de carvão.

Então, Dorothy e o Leão se levantaram, e a garota ajudou o Homem de Lata a colocar a palha de volta no Espantalho, até ele estar no formato de sempre. Assim, recomeçaram sua jornada mais uma vez.

A Bruxa Má ficou tão brava quando viu as abelhas negras em pequenas pilhas como carvão que bateu o pé, arrancou os cabelos e rangeu os dentes. Foi quando chamou uma dezena de escravos Winkies, dando-lhes lanças afiadas e dizendo para irem destruir os estranhos.

Os Winkies não eram um povo corajoso, mas tinham de fazer o que era mandado. Por isso, marcharam até se aproximarem de Dorothy. Mas o Leão deu um grande rugido e pulou na direção deles, e os pobres Winkies ficaram tão assustados que fugiram o mais rápido possível.

Quando retornaram ao castelo, a Bruxa Má bateu muito neles com um chicote e os mandou de volta ao trabalho, e depois disso sentou-se para pensar no que deveria fazer. Ela não conseguia entender como todos os seus planos de destruir aqueles estranhos tinham falhado; mas era uma Bruxa poderosa, além de má, e logo decidiu como agir.

Havia, num armário, um capuz dourado com um círculo de diamantes e rubis. Esse capuz tinha um feitiço. Quem o possuísse podia chamar três vezes os Macacos Alados, que obedeceriam a qualquer ordem que recebessem. Mas ninguém poderia convocar essas criaturas esquisitas mais de três vezes. A Bruxa Má já tinha usado duas vezes o feitiço do capuz. Uma quando transformou os Winkies em seus escravos e se colocou para governar a Terra do Oeste, com a ajuda dos Macacos Alados. A segunda vez foi quando ela lutou contra o Grande Oz e o expulsou da Terra do Oeste. Os Macacos Alados também a tinham ajudado a fazer isso. Só mais uma vez ela poderia usar esse capuz dourado, e por isso não quis fazê-lo até todos os seus poderes se esgotarem. Mas, agora que tinha perdido seus lobos ferozes, seus corvos selvagens e suas abelhas com ferrões, e que seus escravos tinham sido espantados pelo Leão Covarde, ela viu que só havia mais uma forma de destruir Dorothy e seus amigos.

Então, a Bruxa Má tirou o capuz dourado do armário e o colocou na cabeça. Equilibrou-se no pé esquerdo e disse, lentamente:

– *Ep-pe, pep-pe, kak-ke!*

Depois, equilibrou-se no pé direito e disse:

– *Hil-lo, hol-lo, hel-lo!*

Por fim, equilibrou-se nos dois pés e gritou alto:

– *Ziz-zy, zuz-zy, zik!*

E o feitiço começou a funcionar. O céu escureceu e ouviu-se um estrondo grave no ar. Houve um bater de muitas asas, um grande falatório e risadas, e o sol surgiu do céu escuro para mostrar a Bruxa Má cercada por uma multidão de macacos, cada um com um par de asas imensas e poderosas nos ombros.

Um, muito maior que os outros, parecia ser o líder. Ele voou para perto da Bruxa e disse:

– Você nos chamou pela terceira e última vez. O que ordena?

– Vão aos estranhos que estão em minha terra e destruam todos, menos o Leão – disse a Bruxa Má. – Tragam aquela fera para mim, pois quero domá-lo como um cavalo e fazê-lo trabalhar.

– Suas ordens serão obedecidas – disse o líder. Então, com muito falatório e barulho, os Macacos Alados voaram para o lugar onde Dorothy e seus amigos estavam caminhando.

Alguns dos Macacos pegaram o Homem de Lata e o carregaram pelo ar até estarem sobre uma terra coberta por pedras pontiagudas. Ali, jogaram o pobre homem, que caiu de uma grande altura até as pedras, onde ficou tão golpeado e amassado que não conseguia se mover nem gemer.

Outros Macacos pegaram o Espantalho e, com seus longos dedos, puxaram toda a palha de suas roupas e de sua cabeça. Fizeram um montinho com o chapéu, as botas e as roupas dele e jogaram nos galhos mais altos de uma árvore.

Os Macacos que sobraram passaram pedaços de uma corda robusta em torno do Leão e deram várias voltas no corpo, na cabeça e nas patas, até que ele não conseguisse morder, nem arranhar, nem lutar. Então, o levantaram e voaram com ele para o castelo da Bruxa, onde foi colocado num pequeno quintal rodeado por uma cerca de ferro alta, para que não pudesse escapar.

Mas Dorothy, eles não feriram. Ela ficou ali parada, com Totó nos braços, assistindo ao destino triste de seus companheiros e pensando que logo seria sua vez. O líder dos Macacos Alados voou até ela, com seus braços longos e peludos esticados e um sorriso terrível no rosto feio, mas viu a marca do beijo da Bruxa Boa na testa dela e parou, gesticulando para os outros não tocarem nela.

– Não ousamos ferir esta garotinha – disse a eles –, pois é protegida pelo Poder do Bem, que é maior que o Poder do Mal. Só podemos carregá-la para o castelo da Bruxa Má e largá-la ali.

Então, com cuidado e delicadeza, tomaram Dorothy nos braços e a carregaram velozmente pelo ar até chegarem ao castelo, onde a colocaram no degrau da porta da frente. Então, o líder disse à Bruxa:

– Obedecemos até onde pudemos. O Homem de Lata e o Espantalho estão destruídos, e o Leão está amarrado em seu quintal. Não ousamos ferir a garotinha nem o cachorro que ela carrega nos braços. Seu poder sobre nosso bando agora acabou, e você nunca mais nos verá.

Então, todos os Macacos Alados, com muita risada, falatório e barulho, voaram para o ar e logo saíram de vista.

A Bruxa Má ficou ao mesmo tempo surpresa e preocupada quando viu a marca na testa de Dorothy, pois sabia que nem os Macacos Alados, nem ela própria ousariam machucar a garota. Olhou para os pés de Dorothy e, vendo os sapatos prateados, começou a tremer de medo, pois conhecia o feitiço poderoso que havia neles. No início, a Bruxa ficou tentada a fugir de Dorothy, mas por acaso olhou nos olhos da menina e viu como era simples a alma por trás deles, e que ela não conhecia o maravilhoso poder que os sapatos prateados lhe davam. Então, a Bruxa Má riu para si mesma e pensou: "Ainda posso torná-la minha escrava, pois ela não sabe usar seu poder". Em seguida, disse para Dorothy, com dureza e seriedade:

– Venha comigo; e veja se obedece tudo o que eu falar, pois, senão, vou acabar com você, como fiz com o Homem de Lata e o Espantalho.

Dorothy a seguiu pelos muitos lindos cômodos do castelo até chegarem à cozinha, onde a Bruxa a obrigou a limpar as panelas e as chaleiras, varrer o chão e manter o fogo aceso com lenha.

Dorothy começou a trabalhar docilmente, decidida a fazer o melhor que podia, pois estava feliz de a Bruxa Má ter escolhido não a matar.

Com Dorothy trabalhando duro, a Bruxa pensou em ir ao pátio e domar o Leão Covarde como um cavalo; isso a divertiria, com certeza, fazê-lo puxar sua carruagem sempre que ela desejasse passear. Mas quando abriu o portão, o Leão deu um rugido alto e avançou nela com tanta ferocidade que a Bruxa teve medo, fugiu e trancou de novo o portão.

– Se não posso domá-lo – falou a Bruxa ao Leão através das barras do portão –, posso matá-lo de fome. Não vai comer nada até fazer o que quero.

Depois disso, ela não levou mais comida ao Leão aprisionado; mas, a cada dia, ia ao portão ao meio-dia e perguntava:

– Está pronto para ser domado como um cavalo?

E o Leão respondia:

– Não. Se entrar neste quintal, vou te morder.

O motivo para o Leão não ter de fazer o que a Bruxa queria era que cada noite, enquanto a mulher estava dormindo, Dorothy levava para ele comida da despensa. Depois de comer, ele deitava em sua cama de palha, e Dorothy deitava ao lado e apoiava sua cabeça na juba macia e peluda dele, enquanto falavam sobre seus sofrimentos e tentavam planejar alguma maneira de escapar. Mas não conseguiam achar uma forma de sair do castelo, constantemente protegido pelos Winkies amarelos, que eram escravos da Bruxa Má e tinham medo demais dela para não fazer o que ela mandava.

A menina precisava trabalhar muito durante o dia, e várias vezes a Bruxa ameaçava bater nela com o guarda-chuva velho que sempre carregava. Mas, na verdade, não ousava atacar Dorothy por causa da marca em sua testa. A criança não sabia disso, e temia muito por si e por Totó. Uma vez, a Bruxa golpeou Totó com o guarda-chuva, e o cachorrinho corajoso atacou e mordeu a perna dela para se vingar. A Bruxa não sangrou onde foi mordida, porque era tão má que o sangue tinha secado há muitos anos.

A vida de Dorothy se tornou muito triste, pois ela começou a entender que seria mais difícil do que nunca voltar ao Kansas e à tia Em. Às vezes, chorava amargamente por horas, com Totó sentado aos seus pés e olhando seu rosto, ganindo tristemente para mostrar como lamentava por sua pequena dona. Totó não ligava muito se estava no Kansas ou na Terra de Oz, desde que Dorothy estivesse com ele, mas sabia que a menina estava infeliz, e isso o deixava infeliz também.

A Bruxa Má tinha um grande desejo de ter para si os sapatos prateados que a garota sempre usava. Suas abelhas, seus corvos e seus lobos estavam mortos em pilhas, secos, e ela tinha usado todo o poder do capuz dourado; mas, se conseguisse pegar os sapatos prateados, eles lhe dariam mais poder do que todas as outras coisas que tinha perdido. Observava Dorothy com cuidado, para ver se ela tirava os sapatos, pensando que podia roubá-los. Mas a criança tinha tanto orgulho dos sapatos bonitos, que nunca os tirava, exceto à noite e durante o banho. A Bruxa tinha medo demais do escuro para ousar entrar no quarto de Dorothy à noite e pegar os sapatos, e seu temor da água era maior que o do escuro, então, ela nunca chegava perto quando Dorothy estava se banhando. Aliás, a velha Bruxa nunca tinha tocado na água, nem deixado a água tocá-la de forma alguma.

Mas a criatura má era muito astuta e pensou num truque que lhe daria o que desejava. Colocou uma barra de ferro no meio do chão da cozinha e, usando suas artes mágicas, tornou a barra invisível aos olhos humanos. Assim, quando Dorothy passou ali, tropeçou na barra e caiu de cara. Ela não se machucou muito, mas, na queda, um de seus sapatos prateados saiu; e antes de ela poder alcançá-lo, a Bruxa o pegou e o colocou em seu pé magricelo.

A mulher malvada ficou muito feliz com o sucesso de seu truque, pois, enquanto tivesse um dos sapatos, possuía metade do poder do feitiço deles, e Dorothy não poderia usá-lo contra ela, mesmo que soubesse como.

A menininha, vendo que tinha perdido um de seus lindos sapatos, ficou enfurecida e disse à Bruxa:

– Devolva meu sapato!

– Não devolvo – retorquiu a Bruxa –, pois agora o sapato é meu, não seu.

– Você é uma criatura má! – gritou Dorothy. – Não tem direito de pegar meu sapato!

– Vou ficar com ele mesmo assim – disse a Bruxa, rindo dela – e, algum dia, vou pegar o outro de você também.

Isso deixou Dorothy tão brava que ela pegou o balde de água que estava ali perto e jogou em cima da Bruxa, molhando-a da cabeça aos pés.

Na mesma hora, a mulher má deu um grito alto de medo e, enquanto Dorothy observava espantada, a Bruxa começou a encolher e se desfazer.

– Olhe o que você fez! – berrou. – Em um minuto vou derreter.

– Sinto muito mesmo – falou Dorothy, verdadeiramente assustada de ver a Bruxa derretendo como açúcar mascavo diante de seus olhos.

– Você não sabia que a água seria meu fim? – perguntou a Bruxa, numa voz desesperada e gemida.

– É claro que não – respondeu Dorothy. – Como saberia?

– Bem, em alguns minutos, estarei toda derretida, e você ficará com o castelo para você. Fui má durante toda a vida, mas nunca imaginei que uma menininha como você seria capaz de me derreter e acabar com meus malfeitos. Cuidado... Lá vou eu!

Com essas palavras, a Bruxa caiu numa massa marrom, derretida e sem forma, e começou a se espalhar pelas tábuas limpas do piso da cozinha. Vendo que ela tinha mesmo derretido e sumido, Dorothy pegou outro balde de água e jogou em cima da sujeira. Então, varreu tudo porta afora. Após pegar o sapato prateado, que foi só o que sobrou da velha, ela o limpou e secou com um pano, calçando-o de novo. Depois, estando finalmente livre para fazer o que quisesse, correu para o quintal para contar ao Leão que a Bruxa Má do Oeste tinha encontrado seu fim, e que eles já não eram mais prisioneiros numa terra estranha.

O RESGATE

O Leão Covarde ficou muito feliz de ouvir que a Bruxa Má tinha sido derretida por um balde de água, e Dorothy logo destrancou o portão da prisão dele e o libertou. Entraram juntos no castelo, onde o primeiro ato de Dorothy foi reunir todos os Winkies e contar-lhes que não eram mais escravos.

Houve grande comemoração entre os Winkies amarelos, obrigados a trabalhar duro por vários anos para a Bruxa Má, que sempre os tratou com muita crueldade. Decretaram aquele dia como feriado para sempre e promoveram banquetes e bailes.

– Se nossos amigos, o Espantalho e o Homem de Lata, estivessem conosco – disse o Leão –, eu ficaria muito feliz.

– Será que não podemos resgatá-los? – perguntou a garota, apreensiva.

– Podemos tentar – respondeu o Leão.

Então, chamaram os Winkies amarelos e perguntaram se ajudariam a resgatar os amigos deles, e os Winkies falaram que adorariam fazer tudo o que pudessem por Dorothy, que os tinha libertado da servidão. Então, ela escolheu alguns dos Winkies que pareciam saber mais e partiram. Viajaram aquele dia e parte do dia seguinte até chegarem à planície rochosa em que estava o Homem de Lata, todo machucado e amassado. Seu machado tinha caído ali perto, mas a lâmina estava enferrujada e o cabo, quebrado.

Os Winkies o pegaram nos braços com carinho e o carregaram de volta ao Castelo Amarelo, com Dorothy derramando algumas lágrimas pelo sofrimento de seu velho amigo, e o Leão sério e triste. Quando chegaram ao castelo, Dorothy perguntou aos Winkies:

– Há, em seu povo, funileiros?

– Ah, sim. Alguns de nós são ótimos funileiros – disseram a ela.

– Então, tragam-nos a mim – pediu ela. E quando os funileiros chegaram, trazendo todas as suas ferramentas em cestas, ela perguntou:

– Vocês conseguem consertar esses amassados no Homem de Lata, colocá-lo de volta na forma antiga e soldá-lo onde estiver quebrado?

Os funileiros examinaram o Homem de Lata com cuidado e, então, responderam que talvez conseguissem remendá-lo de modo que ficasse tão bom quanto antes. Aí, começaram a trabalhar em uma das grandes salas amarelas do castelo. Trabalharam por três dias e quatro noites, martelando, torcendo, dobrando, soldando, polindo e batendo nas pernas, no corpo e na cabeça do Homem de Lata, até ele finalmente estar de volta à antiga forma, com as juntas funcionando tão bem como sempre. Claro, havia vários remendos, mas os funileiros fizeram um bom trabalho e, como o Homem de Lata não era vaidoso, não se importou com nada disso.

Quando, por fim, ele entrou no quarto de Dorothy e agradeceu por tê-lo resgatado, ficou tão feliz que chorou lágrimas de felicidade, e Dorothy teve de cuidadosamente secar cada uma do rosto dele com seu avental, para que as juntas não enferrujassem. Ao mesmo tempo, suas próprias lágrimas caíam grossas e rápidas com a alegria de reencontrar seu velho amigo, e essas lágrimas não precisavam ser secas. Quanto ao Leão, esfregou os olhos tantas vezes com a ponta do rabo, que ela ficou toda molhada e ele precisou sair para o pátio e deixá-la ao sol até secar.

– Se tivéssemos o Espantalho conosco de novo – disse o Homem de Lata, quando Dorothy terminou de contar a ele tudo o que tinha acontecido –, eu ficaria muito feliz.

– Precisamos tentar encontrá-lo – falou a menina.

Então, chamou os Winkies para ajudá-la, e caminharam todo aquele dia e parte do dia seguinte até chegarem à árvore alta em cujos galhos os Macacos Alados tinham jogado as roupas do Espantalho.

Era uma árvore muito alta, e o galho era tão liso que ninguém conseguia escalar; mas o Homem de Lata logo disse:

– Vou cortar, e aí podemos pegar as roupas do Espantalho.

Enquanto os funileiros estavam trabalhando para consertar o próprio Homem de Lata, outro dos Winkies, que era ourives, tinha feito um cabo de ouro sólido e encaixado no lugar do velho cabo quebrado do machado. Outros limparam a lâmina até toda a ferrugem ser removida e ela brilhar como prata polida.

Assim que falou, o Homem de Lata começou a cortar e, logo, a árvore caiu fazendo um estrondo, e as roupas do Espantalho caíram dos galhos e rolaram pelo chão.

Dorothy as recuperou e pediu para os Winkies carregarem de volta ao castelo, onde foram preenchidas com palha boa e limpa; e eis que ali estava o Espantalho, como sempre, agradecendo-os de novo e de novo por salvá-lo.

Agora que estavam reunidos, Dorothy e seus amigos passaram alguns dias felizes no Castelo Amarelo, onde acharam tudo de que precisavam para ficar confortáveis.

Mas, um dia, a menina pensou na tia Em e disse:

– Precisamos voltar a Oz, para ele cumprir a promessa.

– Sim – disse o Homem de Lata –, enfim conseguirei meu coração.

– E eu conseguirei meu cérebro – adicionou o Espantalho, alegre.

– E eu conseguirei minha coragem – falou o Leão, pensativo.

– E eu conseguirei voltar ao Kansas – gritou Dorothy, unindo as mãos.
– Ah, vamos para a Cidade das Esmeraldas amanhã!

Isso foi o que decidiram fazer. No dia seguinte, reuniram os Winkies e se despediram deles. Os Winkies sentiram por vê-los partir, e tinham se apegado tanto ao Homem de Lata que imploraram que ele ficasse e fosse o governante deles e da Terra Amarela do Oeste. Vendo que estavam determinados a ir, os Winkies deram uma coleira dourada a Totó e outra ao Leão; e Dorothy foi presenteada com uma linda pulseira cravejada de diamantes; ao Espantalho, deram um cajado dourado para que ele não tropeçasse mais; e ao Homem de Lata ofereceram uma lata de óleo feita de prata, enfeitada de ouro e pedras preciosas.

Cada um dos viajantes retribuiu os Winkies com um lindo discurso, e todos apertaram as mãos deles até os braços doerem.

Dorothy foi à despensa da Bruxa encher a cesta de comida para a viagem, e ali viu o capuz dourado. Experimentou na cabeça e percebeu que o tamanho era perfeito. Ela não sabia nada sobre o feitiço do capuz dourado, mas achou que era bonito, então, decidiu usá-lo e carregar sua touca na cesta.

Assim, preparados para a jornada, eles partiram para a Cidade das Esmeraldas; e os Winkies lhes deram três vivas e muitas felicitações para levarem consigo.

OS MACACOS ALADOS

 Você deve se lembrar de que não havia estrada, nem mesmo um caminho, entre o castelo da Bruxa Má e a Cidade das Esmeraldas. Quando os quatro viajantes foram em busca da Bruxa, ela os viu chegando e, assim, enviou os Macacos Alados para levá-los até ela. Foi muito mais difícil encontrar o caminho de volta pelos grandes campos de botões-de-ouro e margaridas amarelas do que ser carregados. Eles sabiam, claro, que tinham de ir direto para o Leste, na direção do sol nascente, e começaram no caminho correto. Mas, ao meio-dia, quando o sol estava acima da cabeça, não sabiam para que lado era o Leste e para que lado era o Oeste, e foi por isso que se perderam nos grandes campos. Mas continuaram caminhando, e à noite a lua nasceu brilhante. Então, deitaram-se entre as flores amarelas e cheirosas e dormiram bem até de manhã; todos menos o Espantalho e o Homem de Lata.

 Na manhã seguinte, o sol estava atrás de uma nuvem, mas eles seguiram em frente, como se tivessem muita certeza do caminho que deveriam seguir.

 – Se caminharmos bastante – disse Dorothy –, tenho certeza de que em algum momento chegaremos a algum lugar.

Mas vários dias se passaram e eles ainda não viam nada adiante que não fossem campos vermelhos. O Espantalho começou a resmungar um pouco.

– Com certeza estamos perdidos – declarou –, e a não ser que nos encontremos de novo a tempo de chegar à Cidade das Esmeraldas, nunca terei meu cérebro.

– Nem eu meu coração – falou o Homem de Lata. – Mal posso esperar para chegar a Oz, e é preciso admitir que este caminho está muito longo.

– Vejam – disse o Leão Covarde com um gemido –, não tenho coragem de continuar para sempre sem chegar a lugar nenhum.

Então, Dorothy perdeu a motivação. Sentou-se na grama e olhou seus companheiros, e eles sentaram e a olharam, e Totó viu-se pela primeira vez na vida cansado demais para perseguir uma borboleta que voou acima da cabeça dele. Então, pôs a língua para fora, arfando e olhando para Dorothy como se quisesse perguntar o que fariam agora.

– E se chamássemos os ratos do campo? – sugeriu ela. – Provavelmente, saberiam nos dizer o caminho para a Cidade das Esmeraldas.

– Com certeza, saberiam – gritou o Espantalho. – Por que não pensamos nisso antes?

Dorothy soprou o pequeno apito que sempre carregava no pescoço desde que o recebeu da Rainha dos Ratos. Em alguns minutos, ouviram o tamborilar de minúsculas patas, e muitos dos ratinhos cinzas foram correndo até ela. Entre eles, estava a própria Rainha, que perguntou com sua vozinha esganiçada:

– O que posso fazer por meus amigos?

– Nós nos perdemos – explicou Dorothy. – Pode nos dizer onde fica a Cidade das Esmeraldas?

– Certamente – respondeu a Rainha –, mas está bem longe, pois vocês estavam o tempo todo andando na direção contrária. – Então, ela notou o capuz dourado de Dorothy e falou: – Por que não usa o feitiço do capuz e chama os Macacos Alados? Eles podem carregá-los até a Cidade de Oz em menos de uma hora.

– Não sabia que tinha um feitiço – respondeu Dorothy, surpresa. – Qual é?

– Está escrito dentro do capuz dourado – avisou a Rainha dos Ratos. – Mas se você for chamar os Macacos Alados, precisamos fugir, porque eles são traiçoeiros e acham engraçado nos atormentar.

– Eles não vão me machucar? – perguntou a garota, nervosa.

– Ah, não. Precisam obedecer a quem está usando o capuz. Adeus! – e correu até sair de vista, com todos os ratos atrás dela.

Dorothy olhou dentro do capuz e viu algumas palavras escritas no forro. "Deve ser o encanto", pensou; então, leu as instruções com cuidado e colocou o capuz na cabeça.

– *Ep-pe, pep-pe, kak-ke!* – declamou, equilibrada no pé esquerdo.

– O que você falou? – perguntou o Espantalho, sem saber o que ela estava fazendo.

– *Hil-lo, hol-lo, hel-lo!* – continuou Dorothy, dessa vez equilibrada no pé direito.

– *Hello!* – repetiu o Homem de Lata calmamente.

– *Ziz-zy, zuz-zy, zik!* – disse Dorothy, agora equilibrada nos dois pés. Era o fim do encanto, e eles ouviram um grande falatório e bater de asas quando o bando de Macacos Alados voou até eles.

O Rei fez uma reverência a Dorothy e perguntou:

– O que ordena?

– Queremos ir à Cidade das Esmeraldas – disse a criança –, e estamos perdidos.

– Nós carregaremos vocês – respondeu o Rei. E tão logo disse essas palavras, dois dos Macacos pegaram Dorothy nos braços e voaram com ela. Outros pegaram o Espantalho, o Homem de Lata e o Leão, e um pequeno Macaco agarrou Totó e voou atrás dos outros e, apesar de o cão tentar mordê-lo.

O Espantalho e o Homem de Lata, no início, ficaram muito assustados, pois lembraram como os Macacos Alados os tinham tratado antes; mas viram que não pretendiam fazer mal, então, cruzaram os ares bastante alegres, e se divertiram olhando os lindos jardins e bosques lá embaixo.

Dorothy se viu voando com facilidade entre dois dos Macacos maiores, um deles, o próprio Rei. Eles fizeram uma cadeira com as mãos e tomaram cuidado para não a machucar.

– Por que vocês têm que obedecer ao feitiço do capuz dourado? – perguntou ela.

– É uma longa história – respondeu o Rei, com uma risada alada –, mas como temos uma longa jornada à frente, vou passar o tempo contando a você, se quiser.

– Vou gostar de ouvir – respondeu ela.

– Antigamente – começou o líder –, éramos um povo livre, vivendo feliz na grande floresta, voando de árvore em árvore, comendo nozes e frutas e fazendo o que queríamos sem chamar ninguém de mestre. Talvez alguns de nós fôssemos traiçoeiros demais às vezes, descendo para puxar a cauda de animais que não tinham asas, caçando pássaros e jogando nozes nas pessoas que caminhavam na floresta. Mas éramos despreocupados e nos divertíamos muito, curtindo cada minuto do dia. Isso foi há muitos anos, bem antes de Oz sair das nuvens para governar esta terra.

Vivia aqui na época, lá no Norte, uma linda princesa que também era uma poderosa feiticeira. Toda a sua mágica era usada para ajudar o povo, e nunca se soube que ela tenha prejudicado alguém que fosse bom. O nome dela era Gayelette, e ela morava num belo palácio construído com grandes blocos de rubi. Todos a amavam, mas sua maior mágoa era não conseguir achar alguém para amar de volta, pois todos os homens eram burros e feios demais para ser par de alguém tão linda e sábia. Por fim, porém, ela encontrou um menino belo, másculo e sábio para sua idade. Gayelette decidiu que, quando ele crescesse, se casaria com ele, então, levou o menino para seu palácio de rubi e usou todos os seus poderes mágicos para torná-lo tão forte, bom e amável quanto qualquer mulher poderia desejar. Quando ficou adulto, Quelala, como ele se chamava, era considerado o melhor e mais sábio homem de toda a terra, e sua beleza másculo era tanta que Gayelette o amava demais, e se apressou para aprontar tudo para o casamento.

Meu avô, na época, era Rei dos Macacos Alados que moravam na floresta próxima ao palácio de Gayelette, e o velho amava uma boa piada mais do que um bom jantar. Um dia, logo antes do casamento, meu avô estava voando com seu bando quando viu Quelala caminhando à margem do rio. Usava uma rica veste de seda cor-de-rosa e veludo roxo, e meu avô quis ver o que ele era capaz de fazer. Sob sua ordem, o bando voou e capturou Quelala, levando o homem nos braços até o meio do rio, jogando ele na água.

"Nade, meu caro amigo", gritou meu avô, "e veja se a água manchou suas roupas". Quelala era sábio demais para não nadar, e nem um pouco mimado por toda a sua sorte. Ele riu ao emergir da água e nadou até a margem. Mas quando Gayelette correu até ele, viu a seda e o veludo arruinados pelo rio.

A princesa ficou furiosa e sabia, claro, quem era o responsável. Convocou todos os Macacos Alados e disse, primeiro, que as asas deles deviam ser amarradas para que eles fossem tratados como tinham tratado Quelala, e jogados no rio. Mas meu avô implorou, pois sabia que os Macacos se afogariam com as asas amarradas, e Quelala também disse uma palavra em defesa deles; desse modo, Gayelette finalmente os poupou, sob a condição de os Macacos Alados, dali para todo o sempre, fazerem as vontades do proprietário do capuz dourado. Esse capuz tinha sido feito como presente de casamento para Quelala, e dizem que custou à princesa seu reino. Claro que meu avô e os outros Macacos imediatamente aceitaram a condição, e assim aconteceu de sermos três vezes escravos do proprietário do capuz dourado, quem quer que seja.

– E o que aconteceu com eles? – quis saber Dorothy, muito interessada na história.

– Quelala, sendo primeiro dono do capuz dourado – contou o Macaco –, foi o primeiro a nos ordenar seus desejos. Como sua noiva não suportava nos ver, ele convocou a todos nós na floresta após o casamento e ordenou que nos escondêssemos, de modo que ela nunca mais colocasse os olhos num Macaco Alado, o que não nos importamos em fazer, pois todos tínhamos medo dela.

Foi só o que precisamos fazer até o capuz dourado cair nas mãos da Bruxa Má do Oeste, que nos obrigou a escravizar os Winkies e depois expulsar o próprio Oz da Terra do Oeste. Agora, o capuz dourado é seu, e você tem direito a nos pedir três vezes que realizemos seus desejos.

Enquanto o Rei dos Macacos terminava sua história, Dorothy olhou para baixo e viu os muros verdes e brilhantes da Cidade das Esmeraldas mais à frente. Estranhou o voo rápido dos Macacos, mas ficou feliz pelo fim da viagem. As esquisitas criaturas pousaram os viajantes com cuidado em frente ao portão da Cidade, o Rei fez uma reverência profunda a Dorothy e voou rapidamente, seguido por todo seu bando.

– Foi uma boa viagem – comentou a garota.

– Sim, e uma forma rápida de sair de nossos problemas – respondeu o Leão. – Que sorte você ter trazido esse maravilhoso capuz!

A DESCOBERTA DE OZ, O TERRÍVEL

Os quatro viajantes se aproximaram do grande portão da Cidade das Esmeraldas e tocaram a campainha. Depois de apertar várias vezes, ele foi aberto pelo mesmo Guardião dos Portões que eles tinham conhecido antes.

– O quê?! Vocês voltaram? – perguntou ele, surpreso.

– Não está nos vendo? – respondeu o Espantalho.

– Mas achei que tinham ido visitar a Bruxa Má do Oeste.

– E visitamos – confirmou o Espantalho.

– E ela os deixou ir embora? – perguntou o homem, atônito.

– Ela não pôde impedir, pois está derretida – falou o Espantalho.

– Derretida! Bem, é uma ótima notícia – disse o homem. – Quem a derreteu?

– Foi a Dorothy – falou o Leão, com seriedade.

– Minha nossa! – exclamou o homem, e fez uma profunda reverência a ela.

Então, ele os levou à sua pequena sala e trancou os óculos da grande caixa no rosto deles, como da outra vez. Depois, passaram pelo portão e entraram na Cidade das Esmeraldas. Quando as pessoas ouviram do Guardião dos Portões que Dorothy tinha derretido a Bruxa Má do Oeste, todas se reuniram em torno dos viajantes, numa grande multidão em direção ao Palácio de Oz.

O soldado de bigode verde ainda estava de guarda na porta, mas os deixou entrar imediatamente, e mais uma vez foram recebidos pela bela garota verde, que os levou logo aos seus antigos quartos, para poderem descansar até o Grande Oz estar pronto para recebê-los.

O soldado mandou direto a Oz a notícia de que Dorothy e os outros viajantes tinham voltado, após destruir a Bruxa Má; mas Oz não respondeu. Pensaram que o Grande Mágico os chamaria imediatamente, mas ele não o fez. Não receberam mensagem dele no dia seguinte, nem no outro, nem no outro. A espera era cansativa e desgastante, e eles acabaram aborrecidos por Oz tratá-los tão mal depois de fazê-los passar por sofrimentos e escravidão. Então, o Espantalho pediu que a garota verde levasse outra mensagem a Oz, dizendo que se o Mágico não os recebesse imediatamente, chamariam os Macacos Alados para ajudar e descobrir se ele mantinha suas promessas ou não. Quando o Mágico recebeu esse recado, ficou tão assustado que mandou chamá-los à Sala do Trono às nove horas e quatro minutos da manhã seguinte. Ele já tinha conhecido os Macacos Alados na Terra do Oeste, e não desejava reencontrá-los.

Os quatro viajantes passaram uma noite insone, cada um pensando sobre o presente que Oz havia prometido. Dorothy tirou um cochilo e sonhou que estava no Kansas, onde a tia Em dizia como se sentia feliz de ter sua garotinha em casa de novo.

Às nove em ponto da manhã seguinte, o soldado de bigode verde foi buscá-los, e quatro minutos depois todos entraram na Sala do Trono do Grande Oz.

É claro que cada um esperava ver o Mágico na forma que ele assumira antes, e todos ficaram muito surpresos quando olharam ao redor e não viram ninguém na sala. Ficaram perto da porta e mais perto uns dos outros, pois a quietude da sala vazia era mais temerosa do que qualquer das formas que já haviam visto Oz assumir.

Logo ouviram uma voz solene, que parecia vir de algum lugar do topo do grande domo, e dizia:

– Eu sou Oz, o Grande e Terrível. Por que me procuram?

Eles olharam de novo para cada parte da sala e, não vendo ninguém, Dorothy perguntou:

– Onde você está?

– Estou em todo lugar – respondeu a voz –, mas aos olhos dos mortais comuns, sou invisível. Agora, sentarei em meu trono, para que possam conversar comigo.

De fato, naquele momento, a voz pareceu vir direto do próprio trono; então, caminharam na direção dele e ficaram enfileirados enquanto Dorothy dizia:

– Viemos reivindicar suas promessas, oh, Oz.

– Que promessas? – perguntou Oz.

– Você prometeu me mandar de volta ao Kansas quando a Bruxa Má fosse destruída – afirmou a menina.

– E prometeu me dar um cérebro – disse o Espantalho.

– E prometeu me dar um coração – disse o Homem de Lata.

– E prometeu me dar coragem – disse o Leão Covarde.

– A Bruxa Má realmente foi destruída? – perguntou a voz, e Dorothy achou que ela tremeu um pouco.

– Sim – respondeu ela. – Eu a derreti com um balde de água.

– Puxa vida – disse a voz –, que repentino! Bem, voltem a mim amanhã, pois preciso de tempo para pensar.

– Já teve tempo demais! – disse o Homem de Lata, irritado.

– Não vamos esperar nem mais um dia – falou o Espantalho.

– Você precisa cumprir suas promessas! – exclamou Dorothy.

O Leão achou que seria bom assustar o Mágico, então, deu um rugido grande e alto, tão poderoso e atemorizante que Totó pulou para longe dele, alarmado, e derrubou a cortina que ficava em um canto. Quando ela caiu com um estrondo, eles olharam para lá e, no momento seguinte, encheram-se de espanto. Os amigos viram, parado bem no lugar que a cortina escondia, um velhinho careca e com um rosto enrugado, parecendo tão surpreso quanto eles. O Homem de Lata, levantando seu machado, correu na direção do homenzinho e gritou:

– Quem é você?

– Eu sou Oz, o Grande e Terrível – falou o velho, com voz trêmula. – Mas não me ataque, por favor, não; e farei qualquer coisa que quiser.

Nossos amigos o olharam com surpresa e consternação.

– Achei que Oz fosse uma grande cabeça – disse Dorothy.

– E eu achei que Oz fosse uma linda mulher – replicou o Espantalho.

– E eu achei que Oz fosse uma terrível fera – falou o Homem de Lata.

– E eu achei que Oz fosse uma bola de fogo! – exclamou o Leão.

– Não, vocês todos estavam errados – disse o homenzinho, mansamente. – Estou fazendo de conta.

– Fazendo de conta! – gritou Dorothy. – Você não é um Grande Mágico?

– *Chiu*, querida – disse ele. – Não fale tão alto, ou vão ouvir, e serei arruinado. Eu deveria ser um Grande Mágico.

– E não é? – perguntou ela.

– Nem um pouco, meu bem; sou só um homem comum.

– Você é mais do que isso – disse o Espantalho, com um tom grave. – É um farsante.

– Exatamente! – declarou o homenzinho, esfregando as mãos como se aquilo o agradasse. – Sou um farsante.

– Mas isso é terrível – falou o Homem de Lata. – Como vou conseguir meu coração?

– E eu minha coragem? – perguntou o Leão.

– E eu meu cérebro? – lamentou o Espantalho, limpando lágrimas dos olhos com a manga do casaco.

– Meus caros amigos – disse Oz –, rogo para que não falem dessas coisas. Pensem em mim e na horrível situação em que me encontro sendo descoberto.

– Ninguém mais sabe que você é um farsante? – indagou Dorothy.

– Ninguém sabe, só vocês… E eu mesmo – respondeu Oz. – Enganei todo mundo por tanto tempo que achei que nunca seria descoberto. Foi um grande erro deixar que vocês entrassem na Sala do Trono. Em geral, nunca vejo meus súditos, então, eles acreditam que sou algo terrível.

– Mas não entendo – disse Dorothy, perplexa. – Como você apareceu para mim como uma grande cabeça?

– Era um dos meus truques – respondeu Oz. – Venha por aqui, por favor, e mostrarei.

Ele foi na frente por uma pequena câmara nos fundos da Sala do Trono, e todos o seguiram. Apontou para um canto onde estava a grande cabeça, feita de vários pedaços de papel colado e um rosto cuidadosamente pintado.

– Eu pendurava isso no teto com um fio – explicou Oz. – Ficava atrás da cortina e puxava, para fazer os olhos se mexerem e a boca abrir.

– Mas e a voz? – indagou ela.

– Ah, sou ventríloquo – disse o homenzinho. – Posso jogar o som de minha voz onde quiser, para você pensar que estava vindo da cabeça. Aqui estão as outras coisas que usei para iludi-los – ele mostrou ao Espantalho o vestido e a máscara que tinha colocado quando pareceu ser a linda mulher. E o Homem de Lata viu que a terrível fera era apenas um monte de peles costuradas juntas, com ripas para manter as laterais para fora. Quanto à bola de fogo, o falso Mágico a tinha pendurado no teto. Na verdade, era uma bola de algodão, mas, quando se jogava óleo, a bola queimava.

– Realmente – falou o Espantalho –, você deveria ter vergonha de ser tão farsante.

– Eu tenho, tenho muita – respondeu o homenzinho, lamentando –, mas era a única coisa que eu podia fazer. Sentem-se, por favor, há muitas cadeiras; e contarei minha história.

Então, eles se sentaram e ouviram enquanto o velho contava a seguinte história.

– Eu nasci em Omaha...

– Oras, não é muito longe do Kansas! – gritou Dorothy.

– Não, mas é bem longe daqui – disse ele, balançando a cabeça para ela, triste. – Quando cresci, virei ventríloquo e fui muito bem treinado por um grande mestre. Consigo imitar qualquer tipo de pássaro ou bicho – e miou como um gatinho, a ponto de Totó levantar as orelhas e olhar por todos os lados para ver onde estava. – Depois de um tempo – continuou Oz –, me cansei daquilo e virei balonista.

– O que é isso? – perguntou Dorothy.

– Um homem que sobe num balão em dia de circo para atrair muitas pessoas e fazer com que elas paguem para ver o espetáculo.

– Ah – disse a menina. – Eu já vi.

– Bem, um dia, subi num balão e as cordas se torceram, de modo que não consegui descer. Fui acima das nuvens, tão longe que bateu uma corrente de ar e me carregou por muitos e muitos quilômetros. Por um dia e uma noite, viajei pelo ar e, na manhã do segundo dia, acordei e vi o balão flutuando sobre uma terra estranha e bela.

Ele foi descendo aos poucos, e eu não me machuquei nada. Mas me vi em meio a um povo estranho, que, vendo-me descer das nuvens, achou que eu era um Grande Mágico. Claro, eu deixei que pensassem, porque tinham medo de mim e prometiam fazer tudo o que eu desejasse.

Só para me divertir e manter o povo ocupado, ordenei que construíssem esta Cidade e meu palácio; e eles fizeram isso bem e com disposição. Então, pensei, como a terra era tão verde e bela, em chamá-la de Cidade das Esmeraldas; e para o nome encaixar melhor, coloquei óculos verdes em todos, para que tudo que vissem fosse verde.

– Mas tudo aqui não é verde? – perguntou Dorothy.

– Não mais do que em qualquer outra cidade – respondeu Oz –, mas quando você usa óculos verdes, bem, é claro que tudo lhe parece verde. A Cidade das Esmeraldas foi construída há muitos anos, pois eu era jovem quando o balão me trouxe aqui, e agora sou um homem muito velho. Mas meu povo usa óculos verdes nos olhos há tanto tempo que a maioria acha que é mesmo uma Cidade das Esmeraldas, e com certeza é um lugar lindo, com abundância de joias e metais preciosos, e de todas as coisas boas necessárias para alguém ser feliz. Tenho sido bom com as pessoas, e elas gostam de mim; mas desde que este palácio foi construído, me tranquei e não vejo ninguém.

Um de meus maiores medos eram as Bruxas, pois, mesmo que eu não tenha poderes mágicos, descobri logo que elas realmente eram capazes de fazer coisas maravilhosas. Havia quatro nesta terra, governando as pessoas que moravam no Norte e no Sul, e no Leste e no Oeste. Por sorte, as Bruxas do Norte e do Sul eram boas, e eu sabia que não me fariam mal; mas as Bruxas do Leste e do Oeste eram terrivelmente más, e, se não tivessem achado que eu era mais poderoso do que elas, com certeza teriam me destruído. No fim, vivi com um medo mortal delas por muitos anos; então, pode imaginar como fiquei feliz ao ouvir que sua casa tinha caído em cima da Bruxa Má do Leste. Quando você veio a mim, eu estava disposto a prometer qualquer coisa se você acabasse com a outra Bruxa; mas, agora que você a derreteu, tenho vergonha de dizer que não posso cumprir minhas promessas.

– Acho que você é um homem muito mau – disse Dorothy.

– Ah, não, querida; na verdade sou um homem muito bom, mas sou um péssimo mágico, devo admitir.

– Você não pode me dar um cérebro? – perguntou o Espantalho.

– Não precisa dele. Está aprendendo algo a cada dia. Bebês têm cérebro, mas não sabem muito. Só a experiência traz conhecimento, e quanto mais você fica nesta terra, mais experiência adquire.

– Pode até ser – disse o Espantalho –, mas serei muito infeliz, a não ser que me dê um cérebro.

O falso mágico olhou atentamente para ele.

– Bem – disse, com um suspiro –, não sou lá muito mágico, como disse; mas se vier me ver amanhã de manhã, vou preencher sua cabeça com um cérebro. Não posso dizer-lhe como usá-lo, você precisa descobrir sozinho.

– Ah, obrigado! Obrigado! – gritou o Espantalho. – Vou achar uma maneira de usá-lo, não se preocupe!

– Mas e minha coragem? – quis saber o Leão, ansioso.

– Você tem bastante coragem, tenho certeza – respondeu Oz. – Só precisa de confiança em si mesmo. Não há ser vivo que não sinta medo ao enfrentar o perigo. A verdadeira coragem está em enfrentar o perigo quando se tem medo, e esse tipo de coragem você tem muito.

– Talvez tenha, mas mesmo assim fico assustado – disse o Leão. – Serei muito infeliz, a não ser que você me dê um tipo de coragem que faça a gente esquecer que está com medo.

– Muito bem, eu lhe darei esse tipo de coragem amanhã – respondeu Oz.

– E meu coração? – perguntou o Homem de Lata.

– Bem, quanto a isso – falou Oz –, acho que você está errado de querer um coração. Ele torna infeliz a maioria das pessoas. Se você soubesse o quanto tem sorte de não ter um...

– Deve ser uma questão de opinião – disse o Homem de Lata. – De minha parte, aguentarei toda a infelicidade sem um murmúrio, se você me der um coração.

– Muito bem – respondeu Oz, docilmente. – Venha a mim amanhã e terá um coração. Fiz o papel de mágico por tantos anos que posso muito bem continuar um pouco mais.

– E agora – disse Dorothy –, como vou voltar ao Kansas?

– Precisamos pensar sobre isso – respondeu o homenzinho. – Dê-me dois ou três dias para considerar o assunto e tentarei achar uma forma de transportá-la pelo deserto. Nesse meio-tempo, vocês serão tratados como meus convidados e, enquanto estiverem no palácio, meu pessoal os servirá e obedecerá seu menor desejo. Há só uma coisa que peço em troca de minha ajuda, se é que se pode chamar assim. Devem guardar meu segredo e não dizer a ninguém que sou um farsante.

Eles concordaram em não dizer nada do que ficaram sabendo e voltaram animados para seus quartos. Até Dorothy teve a esperança de que "O Grande e Terrível Farsante", como ela o chamava, acharia uma forma de enviá-la de volta ao Kansas; se ele conseguisse, ela estava disposta a perdoar tudo.

A MÁGICA ARTE DO GRANDE FARSANTE

Na manhã seguinte, o Espantalho disse aos amigos:

– Deem-me parabéns. Vou a Oz para finalmente conseguir meu cérebro. Quando voltar, serei como os outros homens.

– Sempre gostei de você como é – disse Dorothy, com simplicidade.

– É gentil de sua parte gostar de um Espantalho – respondeu ele. – Mas certamente vai me admirar mais quando ouvir os pensamentos esplêndidos que sairão de meu cérebro – então, ele se despediu de todos com uma voz animada e foi para a Sala do Trono, onde bateu na porta.

– Entre – pediu Oz.

O Espantalho entrou e viu o homenzinho sentado perto da janela, perdido em pensamentos profundos.

– Vim conseguir meu cérebro – comentou o Espantalho, um pouco nervoso.

– Ah, sim; sente-se naquela cadeira, por favor – respondeu Oz. – Peço desculpas por ter de tirar sua cabeça, mas preciso fazê-lo para colocar seu cérebro no lugar certo.

– Não tem problema – disse o Espantalho. – Fique à vontade para tirar minha cabeça, desde que ela esteja melhor quando recolocá-la.

Então, o Mágico desamarrou a cabeça dele e esvaziou a palha. Aí, entrou no quarto dos fundos e pegou uma medida de cereal, que misturou com vários alfinetes e agulhas. Tendo chacoalhado tudo bastante, ele encheu o topo da cabeça do Espantalho com a mistura e preencheu o resto do espaço com palha, para segurar no lugar.

Quando amarrou de novo a cabeça do Espantalho ao corpo, disse:

– Daqui em diante, você será um grande homem, pois lhe dei um cérebro novinho.

O Espantalho ficou ao mesmo tempo contente e orgulhoso por realizar seu maior desejo e, depois de agradecer a Oz com carinho, voltou a seus amigos.

Dorothy o mirou com curiosidade. A cabeça dele estava bastante cheia no topo, com o cérebro.

– Como se sente? – perguntou ela.

– Sinto-me de fato sábio – respondeu ele, com honestidade. – Quando me acostumar com meu cérebro, saberei tudo.

– Por que tem alfinetes e agulhas saindo de sua cabeça? – indagou o Homem de Lata.

– É prova de que ele é afiado – comentou o Leão.

– Bem, preciso ir a Oz pegar meu coração – disse o Homem de Lata. Então, caminhou à Sala do Trono e bateu na porta.

– Entre – chamou Oz, e o Homem de Lata o fez, e disse:

– Vim pegar meu coração.

– Muito bem – respondeu o homenzinho. – Mas terei que fazer um buraco em seu peito para poder colocá-lo no lugar certo. Espero não machucar.

– Ah, não – respondeu o Homem de Lata. – Não vou sentir nada.

Então, Oz pegou um par de tesouras de funileiro e cortou um pequeno buraco quadrado do lado esquerdo do peito do Homem de Lata. Depois, foi a uma cômoda, pegou um lindo coração feito inteiramente de seda e encheu de serragem.

– Não é uma beleza? – perguntou.

– É, sim! – respondeu o Homem de Lata, que ficou muito feliz. – Mas é um coração gentil?

– Ah, muito – respondeu Oz. Ele colocou o coração no peito do Homem de Lata e, depois, recolocou o quadrado de lata, soldando-o direitinho onde tinha sido cortado.

– Pronto – disse –, agora você tem um coração de que qualquer homem teria orgulho. Sinto muito por ter que remendar seu peito, mas não tinha o que fazer.

– Não ligue para o remendo – exclamou o feliz Homem de Lata. – Sou muito grato e nunca me esquecerei de sua gentileza.

– Não precisa agradecer – respondeu Oz.

Então, o Homem de Lata voltou a seus amigos, que lhe desejaram muita alegria por conta de sua boa sorte.

O Leão, por sua vez, se aproximou da Sala do Trono e bateu na porta.

– Entre – disse Oz.

– Vim conseguir minha coragem – anunciou o Leão, entrando na sala.

– Muito bem – respondeu o homenzinho –, vou buscar para você.

Ele foi a um armário e, alcançando uma prateleira alta, tirou uma garrafa verde quadrada, cujo conteúdo despejou num prato verde e dourado, lindamente entalhado. Colocando-o diante do Leão Covarde, que farejou como se não gostasse, o Mágico disse:

– Beba.

– O que é? – perguntou o Leão.

– Bem – respondeu Oz –, se estivesse dentro de você, seria coragem. Você sabe, é claro, que a coragem sempre está dentro da pessoa, então, isso não pode ser mesmo chamado de coragem até você ter engolido. Portanto, aconselho a beber assim que possível.

O Leão não hesitou mais, bebendo até esvaziar o prato.

– Como você se sente agora? – perguntou Oz.

– Cheio de coragem – replicou o Leão, que voltou muito feliz aos seus amigos para contar sobre sua sorte.

Oz, agora sozinho, sorriu pensando em seu sucesso ao dar ao Espantalho, ao Homem de Lata e ao Leão exatamente o que eles achavam que queriam.

– Como posso evitar ser um farsante – disse –, quando toda essa gente me obriga a fazer coisas que todos sabem que não podem ser feitas? Foi fácil deixar o Espantalho, o Leão e o Homem de Lata felizes, porque imaginaram que eu podia fazer qualquer coisa. Mas levar Dorothy de volta ao Kansas exigirá mais do que imaginação e não sei como será possível.

COMO O BALÃO FOI LANÇADO

Por três dias, Dorothy não teve notícias de Oz. Foram dias tristes para a garotinha, embora seus amigos estivessem todos felizes. O Espantalho disse que havia pensamentos maravilhosos em sua cabeça, mas não dizia quais eram porque sabia que só ele poderia entendê-los. Quando o Homem de Lata caminhava por aí, sentia seu coração mexendo no peito, e contou a Dorothy que tinha descoberto que era mais gentil e terno do que aquele que tinha quando era feito de carne e osso. O Leão declarou não ter medo de nada no mundo, e que enfrentaria um exército ou uma dezena de Kalidahs ferozes.

Assim, cada um do pequeno grupo estava satisfeito, exceto Dorothy, que desejava mais do que nunca voltar ao Kansas.

No quarto dia, para grande alegria dela, Oz a chamou e, quando ela entrou na Sala do Trono, ele a cumprimentou de forma agradável:

– Sente-se, minha querida; acho que descobri a forma de tirá-la desta terra.

– E de voltar ao Kansas? – perguntou ela, ávida.

– Bem, não tenho certeza sobre o Kansas – disse Oz –, pois não tenho a menor ideia de onde fica. Mas a primeira coisa a fazer é cruzar o deserto e, aí, deve ser fácil encontrar o caminho para casa.

– Como posso cruzar o deserto? – indagou ela.

– Olhe, vou dizer o que acho – falou o homenzinho. – Veja, cheguei nesta terra num balão. Você também veio pelo ar, sendo carregada por um ciclone. Então, acredito que a melhor maneira de atravessar o deserto seja pelo ar. Agora, está bem além de meus poderes criar um ciclone; mas pensei no assunto e acho que posso fazer um balão.

– Como? – quis saber Dorothy.

– Um balão – explicou Oz – é feito de seda coberta de cola para manter o gás lá dentro. Tenho bastante seda no palácio, então, não será difícil fazer o balão. Mas em toda esta terra não há gás para enchê-lo e fazê-lo flutuar.

– Se não flutuar – comentou Dorothy –, não vai servir para nós.

– Verdade – respondeu Oz. – Mas há outra forma de fazê-lo flutuar, que é encher com ar quente. Não é tão bom quanto gás, pois, se o ar esfriar, o balão cairá no deserto e nós estaremos perdidos.

– Nós! – exclamou a garota. – Você vai comigo?

– Sim, é claro – replicou Oz. – Estou cansado de ser este farsante. Se eu saísse deste palácio, os habitantes logo descobririam que não sou mágico e ficariam irritados por eu tê-los enganado. Então, tenho de ficar trancado nestas salas o dia todo, e é cansativo. Prefiro voltar com você ao Kansas e entrar para o circo de novo.

– Vou gostar de sua companhia – disse Dorothy.

– Obrigado – respondeu ele. – Agora, se me ajudar a costurar a seda, começaremos a trabalhar em nosso balão.

Dorothy pegou agulha e linha e, assim que Oz cortava as tiras de seda, ela as costurava. Primeiro, uma verde-clara, em seguida, uma verde-escura, depois, uma tira verde-esmeralda, pois Oz queria o balão de vários tons de verde. Levou três dias para costurar todas as tiras. Quando terminaram, tinham um grande saco de seda de mais de seis metros.

Oz pincelou o interior com uma camada fina de cola, para que ficasse hermético, e anunciou que o balão estava pronto.

– Mas precisamos de uma cesta para entrar – disse, e mandou o soldado de bigode verde buscar um grande cesto de roupas, que amarrou com muitas cordas no fundo do balão.

Quando estava tudo pronto, Oz mandou ao seu povo a mensagem de que iria visitar um grande irmão mágico que morava nas nuvens. A notícia se espalhou rapidamente pela cidade, e todos foram presenciar aquela visão maravilhosa.

Oz ordenou que o balão fosse levado para a frente do palácio, e as pessoas o olharam com muita curiosidade. O Homem de Lata tinha cortado uma grande pilha de madeira com a qual fez uma fogueira, e Oz segurou o fundo do balão em cima do fogo, para que o ar quente que subia ficasse preso no saco de seda. Gradualmente, o balão encheu e subiu para o ar, até finalmente o cesto quase não tocar o chão.

Então, Oz entrou no cesto e disse a todos, em voz alta:

– Agora, estou indo fazer uma visita. Enquanto eu não estiver, o Espantalho governará todos vocês. Ordeno que o obedeçam como obedeceriam a mim.

O balão, nesse momento, já estava puxando firme a corda que o segurava no chão, pois o ar dentro dele estava quente e isso o tornava tão mais leve que o ar lá fora, que ele arrancava forte para subir ao céu.

– Venha, Dorothy! – chamou o Mágico. – Corra, senão o balão vai voar.

– Não encontro Totó em nenhum lugar – respondeu Dorothy, que não queria ir embora sem seu cãozinho. Totó tinha corrido para a multidão para latir para um gatinho, até que a menina finalmente o encontrou. Ela o pegou e correu para o balão.

Estava a alguns passos, e Oz esticou a mão para ajudá-la a subir no cesto, quando as cordas fizeram crec!, e o balão subiu para o ar sem ela.

– Volte! – gritou ela. – Eu também quero ir!

– Não consigo voltar, minha querida – falou Oz do cesto. – Adeus!

– Adeus! – gritaram todos, e os olhos se voltaram ao céu onde o Mágico viajava no cesto, subindo cada vez mais alto.

E foi a última vez que viram Oz, o Maravilhoso Mágico, embora ele possa ter chegado a Omaha em segurança e estar lá agora, até onde sabemos. Mas as pessoas pensavam nele com carinho, e diziam umas às outras:

– Oz sempre foi nosso amigo. Quando ele estava aqui, construiu para nós esta linda Cidade das Esmeraldas, e agora que ele se foi, deixou o Espantalho Sábio para nos governar.

Ainda assim, por muitos dias ficaram de luto pela perda do Maravilhoso Mágico e não encontraram conforto.

O CAMINHO AO SUL

Dorothy chorou amargamente com o fim de sua esperança de voltar ao Kansas; mas, quando pensou bem, ficou feliz de não ter ido de balão. E também se sentiu triste por perder Oz, assim como seus companheiros.

O Homem de Lata se aproximou dela e disse:

– De verdade, eu seria ingrato se não ficasse de luto pelo homem que me deu meu coração amoroso. Gostaria de chorar um pouco pela perda de Oz, se você fizer a gentileza de secar minhas lágrimas para eu não enferrujar.

– Com prazer – respondeu ela, e imediatamente pegou uma toalha. Então, o Homem de Lata chorou por vários minutos, e ela observava as lágrimas atentamente e as secava com a toalha. Quando ele terminou, agradeceu-a e se lubrificou totalmente com sua lata de óleo enfeitada de joias, para se proteger contra qualquer contratempo.

O Espantalho agora era governante da Cidade das Esmeraldas e, embora não fosse um mágico, as pessoas tinham orgulho dele.

– Pois – diziam – não há outra cidade no mundo governada por um homem de palha – e, até onde sabiam, estavam certíssimos.

Na manhã seguinte à partida do balão com Oz, os quatro viajantes se encontraram na Sala do Trono e conversaram sobre as coisas. O Espantalho se sentou no grande trono e os outros ficaram parados respeitosamente ao seu redor.

– Não temos tanto azar – disse o novo governante –, pois este palácio e a Cidade das Esmeraldas nos pertencem, e podemos fazer o que quisermos. Quando me lembro de que pouco tempo atrás eu estava num poste no milharal de um fazendeiro, e que agora sou governante desta linda cidade, fico bem satisfeito com meu destino.

– Eu também – concordou o Homem de Lata. – Estou bastante feliz com meu novo coração; de verdade, era a única coisa que eu desejava no mundo todo.

– De minha parte, fico contente em saber que sou tão corajoso quanto qualquer fera que já viveu, se não mais – disse o Leão, com modéstia.

– Se Dorothy se contentasse em viver na Cidade das Esmeraldas – continuou o Espantalho –, poderíamos ser felizes todos juntos.

– Mas não quero morar aqui – chorou Dorothy. – Quero ir para o Kansas viver com a tia Em e o tio Henry.

– Bem, então, o que se pode fazer? – perguntou o Homem de Lata.

O Espantalho decidiu pensar, e pensou tanto que os alfinetes e as agulhas começaram a saltar de seu cérebro. Finalmente, sugeriu:

– Por que não chamar os Macacos Alados e pedir que a carreguem pelo deserto?

– Nunca pensei nisso! – disse Dorothy, alegre. – É o melhor a fazer. Vou imediatamente pegar o capuz dourado.

Quando ela o trouxe para a Sala do Trono, falou as palavras mágicas, e logo o bando de Macacos Alados voou pela janela aberta e parou do lado dela.

– É a segunda vez que nos chama – disse o Macaco Rei, com uma reverência para a garotinha. – O que deseja?

– Quero que voem comigo para o Kansas – declarou Dorothy.

Mas o Macaco Rei balançou a cabeça negativamente.

– Isso não pode ser feito – disse ele. – Pertencemos apenas a esta terra, e não podemos sair dela. Nunca houve um Macaco Alado no Kansas, e imagino que nunca haverá, pois lá não é nosso lugar. Vamos ficar felizes de servi-la de qualquer forma que conseguirmos, mas não podemos atravessar o deserto. Adeus!

E, com outra reverência, o Macaco Rei abriu suas asas e voou pela janela, seguido por todo o seu bando.

Dorothy estava pronta para chorar de decepção.

– Desperdicei o feitiço do capuz dourado para nada – disse ela –, pois os Macacos Alados não podem me ajudar.

– Com certeza é uma pena! – lamentou o Homem de Lata, que tinha bom coração.

O Espantalho estava pensando de novo, e sua cabeça inchou tão horrivelmente que Dorothy temeu que fosse explodir.

– Vamos chamar o soldado de bigode verde – disse – e pedir o conselho dele.

Então, o soldado foi convocado e entrou timidamente na Sala do Trono, pois, enquanto Oz era vivo, nunca teve permissão de passar da porta.

– Esta garotinha – falou o Espantalho ao soldado – deseja atravessar o deserto. Como pode fazer isso?

– Não sei dizer – respondeu o soldado –, pois ninguém nunca cruzou o deserto, a não ser o próprio Oz.

– Não há ninguém que possa me ajudar? – perguntou Dorothy, encarecidamente.

– Glinda, talvez – sugeriu ele.

– Quem é Glinda? – inquiriu o Espantalho.

– A Bruxa do Sul. É a mais poderosa de todas as Bruxas e governa os Quadlings. Além do mais, o castelo dela fica na beira de um deserto, então, ela talvez saiba uma forma de atravessá-lo.

– Glinda é uma bruxa boa, não é? – perguntou a criança.

– Os Quadlings acham que ela é boa – disse o soldado –, e é gentil com todos. Ouvi dizer que Glinda é muito bonita e consegue se manter jovem, apesar de todos os anos que já viveu.

– Como posso chegar ao castelo dela? – quis saber Dorothy.

– A estrada vai direto ao Sul – respondeu ele –, mas dizem que está cheia de perigos aos viajantes. Há animais selvagens nos bosques e uma raça de homens esquisitos que não gostam de estranhos atravessando sua terra. Por esse motivo, nenhum dos Quadlings vem à Cidade das Esmeraldas.

O soldado saiu, e o Espantalho disse:

– Parece, apesar dos perigos, que a melhor coisa que Dorothy pode fazer é viajar à Terra do Sul e pedir a ajuda de Glinda. Pois, é claro, se ficar aqui, nunca voltará ao Kansas.

– Pelo jeito, você estava pensando de novo – comentou o Homem de Lata.

– Estava – confirmou o Espantalho.

– Vou com Dorothy – declarou o Leão –, pois estou cansado de sua cidade e anseio pelas florestas e pelo campo novamente. Sou mesmo uma fera selvagem, sabe. Além do mais, Dorothy precisará de alguém para protegê-la.

– Isso é verdade – concordou o Homem de Lata. – Meu machado pode lhe ser útil, então, também irei com ela para a Terra do Sul.

– Quando partimos? – perguntou o Espantalho.

– Você vai? – surpreenderam-se todos.

– É claro. Se não fosse por Dorothy, eu nunca teria um cérebro. Ela me tirou do poste no milharal e me trouxe à Cidade das Esmeraldas. Então, minha sorte se deve a ela, e nunca vou deixá-la até que comece o caminho de volta ao Kansas de uma vez por todas.

– Obrigada – disse Dorothy, agradecida. – Vocês são muito generosos comigo. Mas gostaria de partir assim que possível.

– Iremos amanhã de manhã – disse o Espantalho. – Então, agora, vamos nos preparar, pois será uma longa jornada.

O ATAQUE DAS ÁRVORES QUE LUTAM

Na manhã seguinte, Dorothy deu um beijo de despedida na linda garota verde, e todos apertaram as mãos do soldado de bigode verde, que tinha caminhado com eles até o portão. Quando o Guardião dos Portões os viu de novo, imaginou por que sairiam da linda cidade para arrumar novos problemas. Mas imediatamente destrancou os óculos e os colocou de novo na caixa verde, desejando muitos votos de sucesso para a viagem.

– Você agora é nosso novo governante – disse ao Espantalho –, então, deve voltar a nós assim que possível.

– Com certeza voltarei, se conseguir – respondeu o Espantalho –, mas primeiro preciso ajudar Dorothy a chegar em casa.

Quando se despediu pela última vez do bondoso Guardião, ela disse:

– Fui tratada com muita gentileza em sua adorável cidade, e todos foram muito bons comigo. Não consigo expressar o quanto sou grata.

– Nem precisa, querida – respondeu ele. – Gostaríamos que ficasse conosco, mas, se seu desejo é voltar ao Kansas, espero que ache uma maneira para isso.

Então, abriu o portão do muro externo, e eles saíram e iniciaram sua jornada.

O sol brilhava quando nossos amigos se viraram na direção da Terra do Sul. Estavam todos animados, rindo e conversando. Dorothy mais uma vez se encheu de esperança de chegar em casa, e o Espantalho e o Homem de Lata ficaram felizes de serem úteis a ela. Quanto ao Leão, farejou o ar fresco deleitando-se e balançou o rabo de um lado para outro pela pura alegria de estar de novo no campo, enquanto Totó corria em torno deles e perseguia as mariposas e as borboletas, latindo alegremente o tempo todo.

– A vida na cidade não é nada boa para mim – comentou o Leão enquanto caminhavam num ritmo vigoroso. – Perdi muito músculo vivendo ali, e agora estou ansioso pela oportunidade de mostrar aos outros animais como fiquei corajoso.

Eles agora se viraram e olharam uma última vez para a Cidade das Esmeraldas. Só conseguiam ver uma massa de torres e campanários por trás dos muros verdes e, acima de todo o resto, os pináculos e o domo do Palácio de Oz.

– Oz não era um mágico tão ruim, afinal – disse o Homem de Lata, sentindo o coração chacoalhar em seu peito.

– Soube como me dar um cérebro, e um muito bom, inclusive – falou o Espantalho.

– Se Oz tivesse tomado uma dose da mesma coragem que me deu – completou o Leão –, teria sido um homem muito destemido.

Dorothy não falou nada. Oz não tinha mantido a promessa que fez a ela, mas tinha tentado, então, ela o perdoou. Como ele disse, embora fosse um mágico ruim, era um homem bom.

A jornada do primeiro dia passou pelos campos verdes e pelas flores coloridas que se espalhavam por todos os lados da Cidade das Esmeraldas. Eles dormiram na grama aquela noite, só com as estrelas lá em cima, e descansaram muitíssimo bem.

Pela manhã, seguiram viagem até chegar a um bosque denso. Não havia forma de contorná-lo, pois ele parecia se estender à direita e à esquerda até onde viam; e, além disso, não ousavam mudar a direção da jornada por medo de se perder. Então, procuraram o lugar por onde seria mais fácil entrar na floresta.

O Espantalho, que estava na liderança, por fim descobriu uma grande árvore com galhos tão largos que havia espaço para o grupo passar por baixo. Então, foi até a árvore, mas assim que passou por baixo dos primeiros galhos, eles se dobraram e se torceram em torno dele e, no minuto seguinte, ele foi levantado do chão e jogado de cabeça no meio de seus amigos viajantes.

Isso não assustou o Espantalho, mas o surpreendeu, e ele parecia bem tonto quando Dorothy o levantou.

– Há outro espaço entre as árvores – avisou o Leão.

– Deixe-me tentar primeiro – disse o Espantalho –, pois não me dói ser jogado de lá para cá.

Ele caminhou até outra árvore enquanto falava, mas seus galhos imediatamente o pegaram e jogaram de volta.

– Que estranho! – exclamou Dorothy. – O que faremos?

– As árvores parecem ter decidido lutar contra nós e impedir nossa jornada – comentou o Leão.

– Acho que vou tentar – declarou o Homem de Lata, e, apoiando seu machado no ombro, marchou para a primeira árvore que tinha sido tão dura com o Espantalho. Quando um grande galho se dobrou para agarrá-lo, o lenhador o cortou com tanta força que o partiu em dois. Na hora, a árvore começou a balançar todos os seus galhos como se estivesse com dor, e o Homem de Lata passou com segurança por baixo.

– Venham! – gritou aos outros. – Sejam rápidos!

Todos correram e passaram embaixo da árvore sem serem feridos, exceto Totó, que foi preso por um pequeno galho e chacoalhado até urrar. Mas o Homem de Lata imediatamente cortou o galho e libertou o cãozinho.

As outras árvores da floresta não tentaram impedi-los, então, eles entenderam que só a primeira fileira era capaz de dobrar seus galhos, e que provavelmente eram as policiais da floresta, que usavam esse maravilhoso poder para manter os estranhos lá fora.

Os quatro viajantes caminharam com facilidade entre as árvores até chegar à outra margem do bosque. Lá, para sua surpresa, encontraram um muro alto que parecia feito de porcelana branca. Era liso como a superfície de um prato e mais alto que eles.

– O que faremos agora? – perguntou Dorothy.

– Vou construir uma escada – disse o Homem de Lata –, pois certamente precisamos pular o muro.

O FRÁGIL PAÍS DE PORCELANA

Enquanto o Homem de Lata fazia uma escada com a madeira que encontrou na floresta, Dorothy se deitou e dormiu, pois tinha se cansado com a longa caminhada. O Leão também se aconchegou para dormir, e Totó deitou ao lado dele.

O Espantalho observou o Homem de Lata trabalhando e disse a ele:

– Não consigo entender por que esse muro está aqui, nem do que é feito.

– Descanse seu cérebro e não se preocupe com o muro – recomendou o Homem de Lata. – Quando tivermos pulado por cima dele, saberemos o que há do outro lado.

Depois de um tempo, a escada estava finalizada. Parecia meio desajeitada, mas o Homem de Lata tinha certeza de que estava forte e funcionaria para o propósito. O Espantalho acordou Dorothy, o Leão e Totó, e avisou que a escada estava pronta. Subiu primeiro, mas era tão desastrado que Dorothy teve de acompanhá-lo de perto e impedi-lo de cair. Quando colocou a cabeça por cima do muro, o Espantalho disse:

– Minha nossa!

– Vá em frente – estimulou Dorothy.

Então, o Espantalho subiu mais e se sentou em cima do muro, e Dorothy colocou a cabeça por cima do muro e, como o Espantalho, falou:
– Minha nossa!
O Leão foi o próximo a subir a escada, e o Homem de Lata foi por fim; mas assim que olharam por cima do muro, os dois gritaram:
– Minha nossa!
Quando todos estavam sentados enfileirados em cima do muro, olharam para baixo e tiveram uma estranha visão.
Diante deles, havia uma grande extensão de terra com um solo tão liso, brilhante e branco como o fundo de uma grande bandeja. Espalhadas por ali, havia muitas casas feitas inteiramente de porcelana e pintadas das mais vivas cores. Essas casas eram bem pequenas, a maior delas chegando apenas à cintura de Dorothy. Também havia pequenos celeiros com cercas de porcelana ao redor, e muitas vacas, ovelhas, cavalos, porcos e galinhas, todos de porcelana, que estavam em grupos.
Porém, o mais estranho eram as pessoas que moravam nessa terra esquisita. Havia camponesas e pastoras, com corpetes de cores brilhantes e pontos dourados por todo o vestido; princesas com as mais belas roupas prateadas, douradas e roxas; pastores vestidos de culotes com faixas cor--de-rosa, amarelas e azuis, além de fivelas douradas nos sapatos; príncipes com coroas de joias, usando robes de arminho e gibões de cetim; e palhaços engraçados com vestes cheias de babados, com círculos vermelhos na bochecha e chapéus altos e pontudos. E, o mais estranho de tudo, essa gente era feita de porcelana, até as roupas, e eram tão pequenas que a mais alta não passava do joelho de Dorothy.
Ninguém nem olhou para os viajantes no início, exceto um cachorrinho roxo de porcelana com uma cabeça extragrande, que foi ao muro e latiu para eles com uma vozinha minúscula, e depois fugiu de novo.
– Como vamos descer? – perguntou Dorothy.
Perceberam que a escada era tão pesada que não poderiam puxá-la, então, o Espantalho caiu da parede e os outros pularam nele, para que o piso duro não os machucasse. É claro que tomaram cuidado de não pisar na cabeça dele e acabar com alfinetes nos pés. Quando todos estavam seguros

lá embaixo, levantaram o Espantalho, cujo corpo estava bem achatado, e deram batidinhas para ajeitar o formato da palha.

– Temos que atravessar este lugar estranho para chegar do outro lado – disse Dorothy –, pois não seria sábio irmos em nenhuma outra direção que não para o Sul.

Começaram a caminhar pela terra das pessoas de porcelana, e a primeira coisa que encontraram foi uma camponesa de porcelana ordenhando uma vaca de porcelana. Quando se aproximaram, a vaca de repente deu um coice e derrubou o banquinho, o balde e até a própria camponesa, e tudo caiu no chão de porcelana com um grande ruído.

Dorothy ficou chocada de ver que a vaca tinha quebrado a pata e que o balde estava em vários pedacinhos, enquanto a pobre camponesa tinha uma rachadura no cotovelo esquerdo.

– Olhem só! – gritou a camponesa, brava. – Veja o que fizeram! Minha vaca quebrou a perna e precisarei levá-la ao restaurador para grudar de novo. O que querem vindo aqui e assustando minha vaca?

– Sinto muitíssimo – respondeu Dorothy. – Por favor, perdoe-me.

Mas a linda camponesa estava irritada demais para replicar. Ela pegou a perna da vaca com mau humor e levou embora o pobre animal mancando em três patas. Enquanto se afastava deles, a camponesa lançou muitos olhares de reprovação por sobre o ombro para os estranhos desastrados, segurando seu cotovelo rachado perto da lateral do corpo.

Dorothy ficou muito chateada com aquele deslize.

– Precisamos ter muito cuidado aqui – disse o Homem de Lata bondoso – ou vamos machucar essas lindas pessoinhas de um jeito que nunca poderão se recuperar.

Um pouco mais à frente, Dorothy encontrou uma jovem princesa vestida lindamente, que, quando viu os estranhos, começou a correr.

Dorothy queria ver mais da princesa, então correu atrás dela. Mas a menina de porcelana gritou:

– Não me siga! Não me siga!

Ela tinha uma vozinha tão assustada que Dorothy parou e disse:

– Por que não?

– Porque – respondeu a princesa, também parando a uma distância segura – se eu correr, posso cair e me quebrar.

– Mas não poderia ser consertada? – perguntou a garota.

– Ah, sim; mas ninguém fica tão bonito depois de ser consertado – respondeu a princesa.

– Imagino que não – concordou Dorothy.

– Ali está o senhor Coringa, um de nossos palhaços – continuou a mulher de porcelana – que vive tentando ficar de cabeça para baixo. Ele se quebra tanto que está remendado em cem lugares, e não é muito bonito. Lá vem ele agora, para você mesma poder ver.

De fato, um palhacinho alegre veio caminhando até eles, e Dorothy conseguiu ver que, apesar de suas lindas roupas vermelhas, amarelas e verdes, ele estava coberto de rachaduras por todo lado, mostrando claramente que tinha sido remendado em vários lugares.

O palhaço colocou as mãos nos bolsos e, depois de estufar as bochechas e balançar a cabeça de forma provocadora, disse:

– Minha cara dama,
Por que está olhando
Para este pobre Coringa?
És tão dura
Mas parece pura
Como a água de uma moringa!

– Fique quieto, senhor – disse a princesa. – Não vê que são estranhos e devem ser tratados com respeito?

– Bem, isto é respeito, eu acho – declarou o palhaço, e imediatamente ficou de cabeça para baixo.

– Não ligue para o senhor Coringa – disse a princesa a Dorothy. – Ele tem a cabeça consideravelmente quebrada, e isso o torna tolo.

– Ah, não ligo nem um pouco – falou Dorothy. – Mas você é tão linda, continuou, que tenho certeza de que a amaria muito. Não me deixaria levá-la de volta ao Kansas e colocá-la na lareira da tia Em? Posso carregá-la em minha cesta.

– Isso me deixaria muito infeliz – respondeu a princesa de porcelana. – Veja, aqui em nosso país, vivemos muito satisfeitos, e podemos falar e nos mexer como quisermos. Mas sempre que qualquer um de nós é levado, nossas juntas endurecem na hora e só conseguimos ficar eretos e permanecer com a aparência bonita. Claro, é tudo o que se espera de nós quando estamos em lareiras, armários e mesas de centro, mas nossa vida é muito mais agradável em nossa própria terra.

– Eu não lhe deixaria infeliz por nada! – exclamou Dorothy. – Então, vou apenas dizer adeus.

– Adeus – devolveu a princesa.

Caminharam com cuidado pela terra das porcelanas. Os animaizinhos e todas as pessoas corriam para sair do caminho deles, temendo que os estranhos os quebrassem, e depois de mais ou menos uma hora, os viajantes chegaram ao outro lado do país e a outro muro.

Não era tão alto quanto o primeiro, e subindo nas costas do Leão todos conseguiram se colocar no alto. Então, o Leão recolheu as patas e pulou no muro; mas ao pular atingiu uma igreja de porcelana com a cauda e a quebrou em pedacinhos.

– Que pena – disse Dorothy –, mas acho que tivemos muita sorte em não prejudicar essas pessoas, além de quebrar a pata de uma vaca e uma igreja. São tão frágeis!

– São mesmo – concordou o Espantalho –, e sou grato por ser feito de palha e não poder ser facilmente ferido. Há coisas piores no mundo do que ser um Espantalho.

O LEÃO SE TORNA O REI DA SELVA

Depois de descerem do muro de porcelana, os viajantes se viram numa terra desagradável, cheia de pântanos e charcos, coberta de grama alta e grosseira. Era difícil andar sem cair em buracos lamacentos, pois a grama era tão grossa que os escondia. Porém, pisando com cuidado, eles seguiram em segurança e, depois de uma caminhada longa e cansativa pela vegetação, entraram em outra floresta, onde as árvores eram maiores e mais antigas que qualquer outra que já tivessem visto.

– Esta floresta é perfeitamente agradável – declarou o Leão, olhando ao redor com alegria. – Nunca vi um lugar mais lindo.

– Parece sombria – falou o Espantalho.

– Nada disso – respondeu o Leão. – Eu viveria a vida inteira aqui. Veja como as folhas secas são macias sob seus pés e como é verde o musgo que se prende a essas antigas árvores. Com certeza, nenhum animal selvagem poderia desejar um lar mais agradável.

– Talvez haja animais selvagens na floresta agora mesmo – disse Dorothy.

– Suponho que haja – respondeu o Leão –, mas não vejo nenhum deles por aqui.

Caminharam pela floresta até ficar escuro demais para prosseguir. Dorothy, Totó e o Leão se deitaram para dormir, enquanto o Homem de Lata e o Espantalho mantinham guarda, como sempre.

Quando amanheceu, recomeçaram. Antes de chegarem longe, ouviram um estrondo grave, como se fosse o rugido de animais selvagens. Totó choramingou um pouco, mas nenhum dos outros se assustou, e continuaram no caminho até chegar a uma clareira, onde estavam reunidas centenas de criaturas de todos os tipos. Havia tigres, elefantes, ursos, lobos, raposas e todos os outros da história natural, e por um momento Dorothy teve medo. Mas o Leão explicou que os animais estavam em reunião e julgou, pelos rosnados e grunhidos, que estavam com problemas sérios.

Enquanto ele falava, vários bichos o viram e logo a grande assembleia silenciou, como que por mágica. O maior dos tigres se aproximou do Leão e fez uma reverência, dizendo:

– Bem-vindo, ó, Rei da Selva! Chegou bem a tempo de lutar contra nosso inimigo e trazer de novo paz a todos os animais da floresta.

– Qual é o problema? – perguntou o Leão tranquilamente.

– Estamos todos ameaçados – respondeu o tigre – por um inimigo feroz que chegou à floresta recentemente. É um monstro tremendo, parece uma enorme aranha, com um corpo grande como o de um elefante e patas longas como um tronco de árvore. Tem oito dessas patas, e quando se arrasta pela floresta, pega um animal com uma das patas e o leva à boca, comendo como uma aranha comeria uma mosca. Nenhum de nós estará seguro enquanto essa criatura feroz estiver viva, e convocamos uma reunião para decidir como nos proteger. Foi quando você chegou.

O Leão pensou por um momento.

– Há outros leões nesta floresta? – perguntou.

– Não; havia alguns, mas o monstro comeu todos. E, além disso, nenhum era tão grande e corajoso como você.

– Se eu acabar com seu inimigo, vocês se curvarão a mim e me obedecerão como o Rei da Selva? – quis saber o Leão.

— Vamos fazer isso com alegria — respondeu o tigre; e todos os outros animais rugiram poderosamente: — Vamos!

— Onde está essa grande aranha agora? — perguntou o Leão.

— Ali, entre os carvalhos — disse o tigre, apontando com a pata da frente.

— Cuide bem desses meus amigos — pediu o Leão —, e vou imediatamente lutar contra o monstro.

Ele se despediu de seus companheiros e marchou orgulhoso para batalhar com o inimigo.

A grande aranha estava dormindo quando o Leão a encontrou, e era tão feia que seu adversário fez uma careta de nojo. As patas eram tão longas quanto o tigre disse, e seu corpo estava coberto de grossos pelos pretos. Ela tinha uma boca grande, com uma fileira de dentes afiados de trinta centímetros; mas a cabeça estava presa ao corpo roliço por um pescoço esguio como a cintura de uma vespa. Isso deu ao Leão uma pista da melhor forma de atacar a criatura e, sabendo que seria mais fácil lutar contra ela dormindo do que acordada, ele deu um grande salto e caiu nas costas do monstro. Então, com um golpe de sua pesada pata, armada com garras afiadas, arrancou a cabeça da aranha. Pulando de volta, observou as patas longas pararem de se mexer, e soube que ela estava bem morta.

O Leão voltou à clareira onde os animais da floresta o esperavam e anunciou, orgulhoso:

— Não precisam temer mais seu inimigo.

Então, os animais se curvaram diante do Leão como seu rei, e ele prometeu voltar e governá-los assim que Dorothy estivesse segura de volta ao Kansas.

O PAÍS DOS QUADLINGS

Os quatro viajantes atravessaram o resto da floresta em segurança e, quando saíram da sombra, viram diante deles um morro íngreme, coberto de cima a baixo com grandes pedras.

– Vai ser uma subida difícil – disse o Espantalho –, mas precisamos passar pelo morro mesmo assim.

Então, ele indicou o caminho e os outros seguiram. Tinham quase chegado à primeira pedra quando ouviram uma voz grossa gritar:

– Não se aproximem!

– Quem é você? – perguntou o Espantalho.

Então, uma cabeça apareceu por cima da pedra, e a mesma voz falou:

– Este morro pertence a nós, e não permitimos que ninguém o atravesse.

– Mas precisamos atravessar – disse o Espantalho. – Vamos à terra dos Quadlings.

– Mas não podem! – respondeu a voz, e de trás da pedra saiu o homem mais estranho que os viajantes já tinham visto.

Ele era muito baixo e corpulento, com uma cabeça grande, achatada no topo e apoiada por um pescoço grosso cheio de rugas. Mas não tinha braços e, vendo isso, o Espantalho não temeu que uma criatura tão indefesa pudesse impedi-los de subir o morro. Então, falou:

– Sinto muito por não obedecer, mas precisamos passar por este morro, goste você ou não – e foi em frente com ousadia.

Rápida como um raio, a cabeça do homem se lançou para a frente, e com o pescoço dele se esticando até a parte achatada do topo da cabeça, atingiu o meio do corpo do Espantalho e o fez rolar morro abaixo. Quase tão rápido quanto veio, a cabeça voltou ao corpo, e o homem deu uma risada áspera enquanto dizia:

– Não é tão fácil quanto você pensa!

Um coro de risadas turbulentas veio das outras pedras, e Dorothy viu centenas de Cabeças de Martelo sem braço na encosta do morro, uma atrás de cada pedra.

O Leão ficou muito bravo com a risada causada pela queda do Espantalho e, com um rugido alto que ecoou como um trovão, lançou-se pelo morro.

De novo, uma cabeça saiu rapidamente, e o grande Leão rolou morro abaixo como se tivesse sido atingido por uma bala de canhão.

Dorothy correu para baixo e ajudou o Espantalho a se levantar, e o Leão foi até ela, muito machucado e dolorido, e falou:

– É inútil lutar com pessoas que têm cabeça dura; ninguém consegue confrontá-las.

– O que podemos fazer, então? – perguntou ela.

– Chamar os Macacos Alados – sugeriu o Homem de Lata. – Você ainda tem o direito de convocá-los mais uma vez.

– Muito bem – respondeu ela, e, colocando o capuz dourado, falou as palavras mágicas. Os Macacos foram ágeis como sempre e, em poucos momentos, todo o bando estava diante dela.

– O que ordena? – quis saber o Macaco Rei, com uma reverência.

– Carregue-nos por sobre o morro até a terra dos Quadlings – respondeu a garota.

– Assim será – disse o Rei, e imediatamente os Macacos Alados pegaram os quatro viajantes e Totó em seus braços e voaram. Enquanto eles passavam lá em cima, os Cabeças de Martelo gritaram com irritação e jogaram a cabeça para o ar, mas não conseguiram atingir os Macacos

Alados, que carregaram Dorothy e seus companheiros com segurança para o outro lado do morro e os pousaram na bela terra dos Quadlings.

– É a última vez que nos chama – disse o líder a Dorothy –, então, adeus e boa sorte.

– Adeus, e muito obrigada – respondeu a menina, e os Macacos subiram no ar e saíram de vista num piscar de olhos.

O país dos Quadlings parecia rico e feliz. Havia um campo atrás do outro com grãos prontos para colher, estradas bem pavimentadas e lindos riachos ondulantes com pontes robustas atravessando. As cercas, as casas e as pontes eram pintadas de vermelho-claro, assim como tinham sido pintadas de amarelo na terra dos Winkies e de azul na terra dos Munchkins. Os próprios Quadlings, que eram baixinhos e gordinhos, parecendo rechonchudos e bondosos, estavam vestidos de vermelho, o que contrastava com a grama verde e os grãos amarelados.

Os Macacos deixaram eles perto de uma casa de fazenda, e os quatro viajantes foram até ela e bateram na porta. Foi aberta pela esposa do fazendeiro, e quando Dorothy pediu algo para comer, a mulher deu uma boa refeição a todos, com três tipos de bolo e quatro tipos de biscoito, além de uma tigela de leite para Totó.

– O castelo de Glinda fica muito longe? – perguntou a menina.

– Não muito – respondeu a esposa do fazendeiro. – Peguem a estrada para o Sul e logo chegarão.

Agradecendo à boa mulher, eles começaram de novo e caminharam pelos campos, atravessando as lindas pontes até verem um lindo castelo. Diante dos portões estavam três jovens meninas, vestidas com bonitos uniformes vermelhos com bordas douradas; e quando Dorothy se aproximou, uma delas perguntou:

– Por que vieram à Terra do Sul?

– Para ver a Bruxa Boa que governa aqui – respondeu ela. – Pode me levar até ela?

– Dê-me seus nomes e perguntarei a Glinda se ela os receberá.

Eles disseram quem eram, e a menina soldado entrou no castelo. Depois de alguns momentos, voltou para dizer que Dorothy e os outros podiam entrar imediatamente.

GLINDA, A BRUXA BOA, CONCEDE O DESEJO DE DOROTHY

Antes de irem ver Glinda, porém, eles foram levados a um quarto do castelo, onde Dorothy lavou o rosto e penteou o cabelo, o Leão chacoalhou a poeira de sua juba, o Espantalho se arrumou na melhor forma e o Homem de Lata poliu sua lata e lubrificou suas juntas.

Quando estavam apresentáveis, seguiram a menina soldado até um grande salão onde a Bruxa Glinda estava sentada num trono de rubis.

Ela era ao mesmo tempo linda e jovem. Seu cabelo era de um vermelho profundo e caía em cachos sobre os ombros. Seu vestido era de um branco puro, mas os olhos dela eram azuis e olharam com bondade para a garotinha.

– O que posso fazer por você, minha criança? – perguntou ela.

Dorothy contou toda sua história à Bruxa: como o ciclone a tinha levado à Terra de Oz, como ela tinha encontrado seus companheiros e as maravilhosas aventuras que tinham vivido juntos.

– Meu maior desejo agora – completou ela – é voltar ao Kansas, pois a tia Em certamente achará que algo horrível me aconteceu, e isso a fará ficar de luto; e a não ser que as colheitas sejam melhores neste ano que no próximo, tenho certeza de que o tio Henry não vai aguentar.

Glinda se inclinou e beijou o rosto doce da adorável menina.

– Que coisinha mais linda – disse ela. – Tenho certeza de que posso lhe dizer uma forma de voltar ao Kansas – e, então, completou: – Mas, se eu disser, você precisa me dar o capuz dourado.

– Com gosto! – exclamou Dorothy. – Aliás, já não me é mais útil e, quando você o possuir, poderá convocar os Macacos Alados três vezes.

– E acho que só vou precisar do serviço deles essas três vezes – respondeu Glinda, sorrindo.

Dorothy, então, entregou a ela o capuz dourado, e a Bruxa falou ao Espantalho:

– O que fará quando Dorothy tiver nos deixado?

– Voltarei à Cidade das Esmeraldas – respondeu ele –, pois Oz me tornou governante dali e o povo gosta de mim. Só me preocupo em cruzar o morro dos Cabeças de Martelo.

– Pelo poder do capuz dourado, ordenarei que os Macacos Alados o carreguem até os portões da Cidade das Esmeraldas – disse Glinda –, pois seria uma pena privar as pessoas de um governante tão maravilhoso.

– Sou maravilhoso, mesmo? – perguntou o Espantalho.

– É incomum – respondeu Glinda.

Virando-se para o Homem de Lata, perguntou:

– O que será de você quando Dorothy sair desta terra?

Ele se apoiou em seu machado, pensou por um momento e disse:

– Os Winkies foram muito gentis comigo e queriam que eu os governasse após a morte da Bruxa Má. Gosto deles e, se pudesse voltar à Terra do Oeste, o que mais gostaria era de governá-los para sempre.

– Meu segundo comando aos Macacos Alados – disse Glinda – será que eles o carreguem em segurança à terra dos Winkies. Seu cérebro pode não ser tão grande à primeira vista quanto o do Espantalho, mas você é na verdade mais brilhante que ele, quando está bem polido, e tenho certeza de que governará os Winkies bem e com sabedoria.

Então, a Bruxa olhou para o Leão grande e peludo e perguntou:

– Quando Dorothy tiver voltado para casa, o que será de você?

– Depois do morro dos Cabeças de Martelo – respondeu ele – há uma grande floresta antiga, e os animais que vivem ali me tornaram seu rei. Se eu conseguisse voltar, passaria minha vida ali muito feliz.

– Meu terceiro comando aos Macacos Alados – disse Glinda – será que o carreguem até sua floresta. Então, tendo usado todos os poderes do capuz dourado, eu o darei ao Macaco Rei, para que ele e seu bando possam ficar livres para sempre.

O Espantalho, o Homem de Lata e o Leão agradeceram a Bruxa Boa com sinceridade por sua benevolência; e Dorothy exclamou:

– Você certamente é tão boa quanto bela! Mas ainda não me disse como voltar ao Kansas.

– Seus sapatos prateados a carregarão pelo deserto – respondeu Glinda. – Se você soubesse do poder deles, poderia ter voltado para sua tia Em no primeiro dia em que chegou a esta terra.

– Se fosse assim, eu não teria meu maravilhoso cérebro! – gritou o Espantalho. – Podia ter passado a vida inteira no milharal do fazendeiro.

– E eu não teria meu amável coração – falou o Homem de Lata. – Podia ter ficado enferrujado na floresta até o mundo acabar.

– E eu teria vivido como covarde para sempre – declarou o Leão –, e nenhum animal da floresta teria uma palavra boa para dizer de mim.

– Tudo isso é verdade – concordou Dorothy –, e estou feliz de ter sido útil a esses bons amigos. Mas agora que cada um tem o que mais desejava e está feliz, além disso, com um reino para governar, acho que gostaria de voltar ao Kansas.

– Os sapatos prateados – disse a Bruxa Boa – têm poderes maravilhosos. E uma das coisas mais curiosas sobre eles é que a levam a qualquer lugar do mundo em três passos, e cada passo é dado num piscar de olhos. Você só precisa bater os calcanhares um contra o outro três vezes e ordenar que os sapatos a levem aonde quiser ir.

– Se é assim – falou a criança, alegre –, vou pedir para me carreguem imediatamente ao Kansas.

Ela abraçou e beijou o Leão, fazendo um carinho na cabeça dele. Então, abraçou o Homem de Lata, que estava chorando de uma forma perigosa para suas juntas. Segurou o corpo macio e cheio de palha do Espantalho em seus braços em vez de beijar o rosto pintado dele, e viu que ela mesma estava chorando por causa dessa triste despedida de seus companheiros amados.

Glinda, a Bruxa Boa, desceu de seu trono de rubi e deu na garotinha um beijo de despedida. Dorothy a agradeceu por toda a bondade que ela tinha demonstrado por seus amigos e por ela.

Dorothy então pegou Totó solenemente nos braços e, tendo dito um último adeus, bateu os calcanhares dos sapatos três vezes, dizendo:

– Leve-me para casa da tia Em!

Instantaneamente, ela foi lançada no ar com tanta velocidade que a única coisa que conseguia ver e sentir era o vento passando por seus ouvidos.

Os sapatos prateados deram três passos, e ela parou tão de repente que rolou na grama várias vezes antes de perceber onde estava.

Por fim, porém, se sentou e olhou ao redor.

– Meu Deus! – gritou.

Ela estava sentada na ampla pradaria do Kansas e, bem à sua frente, via a nova casa de fazenda construída pelo tio Henry após o ciclone carregar a antiga. O tio Henry estava ordenhando as vacas no estábulo, e Totó pulou dos braços dela e correu para o celeiro, latindo muito animado.

Dorothy ficou de pé e descobriu que estava só de meias. Seus sapatinhos prateados tinham caído durante o voo pelo ar e se perdido no deserto para sempre.

DE VOLTA EM CASA

A tia Em tinha acabado de sair da casa para regar os repolhos quando viu Dorothy correndo em sua direção.

– Minha menina querida! – gritou, pondo a garotinha nos braços e cobrindo o rosto dela de beijos. – Mas de onde é que você veio?

– Da Terra de Oz – disse Dorothy, séria. – E Totó está aqui também. Ah, tia Em! Estou tão feliz de estar de volta em casa!